添い寝だけのはずでしたが

acomaru

STARTS
スターツ出版株式会社

私と葵(あおい)は特別な関係。
今日もベッドで、手を繋(つな)いで見つめ合う。
これはある目的のための契約……。

眠れない夜は、
躊躇(ためら)いなく伸ばされた腕に、身を任せてゆっくりと抱きしめられる。
目を瞑(つぶ)っていると、葵がそっと耳元で囁(ささや)く。
それは、世界一破壊力のある、「おやすみ」
今日も葵の寝息を聞きながら、私も深い眠りにつく……。

目次

第三章　学園祭とキスマーク

第一章　俺様男子は超絶美形の御曹司

いきなり絶体絶命の大ピンチ

ある晴れた日曜日の朝、その天気を払拭するかのような重苦しい雰囲気がリビングに立ち込めていた。

「寧々、わかってくれ……」

神妙な面持ちで呟く父を横目に、一生懸命私は首を横に振る。

「お願いだから……このまま日本にいさせて。突然引っ越しするって言われても納得できないし、それが海外だなんて絶対に無理……」

父の海外赴任が決まり、来月早々に家族を連れて異動するという。

共働きで忙しかった両親に心配をかけまいと、これまでわがままひとつ言ってこなかった。

だけどこの気持ちだけは譲れない……何としても日本に残りたい。

高二の今、一学期も始まったところで、クラスの友達も少しずつ増えてきた。

それだけじゃない。一番の理由は……叶えたい夢があるから。

小学生の時、学校が苦手だった私に勇気をくれた先生がいた。

私自信が子ども好きっていうのもあるけど、あの先生みたいにひとりでも多くの子どもの力になりたい。

その夢に向かって、今、精一杯頑張っている。

生活費はバイトで稼ぐし、何とかここに残りたいと必死で頼み込むと、なんとか承諾してくれた。

父の勤めている企業のトップ、水島グループの社長の家で住み込みのメイドとして働けることになり、学校へもそこから通えるという。

このタイミングで奇跡のような話が舞い込んできて、ラッキーだと思わずにはいられない。

両親と離れて暮らすのは寂しいし少しの不安もあるけど、できればチャレンジしたい。

そうして両親は海外へと旅立ち、遂に水島家で働く日がやってきた……。

大きなスーツケースを抱え、信じられないほど大きなお屋敷を見上げる。

高級車の送迎でここまで辿り着いたものの、水島家の敷地の壮大さに驚く。

門をくぐった後、庭園のような敷地を通り抜け、やっとのことでここへ到着した。

私、安城寧々は……今日からここで働くことになる……。

呆然としている私の前に、お屋敷の中からひとりの女性が現れた。

長い髪をひとつに束ね、黒いワンピースの上からは胸元にふわりとしたフリルのついた白いエプロンをつけていて、その姿はまるで童話に出てくるメイドのよう。

年齢は私よりかなり上だけど、その優しい雰囲気が服装によく合っている。

「メイド長の美沙と申します。初めまして寧々さん、お待ちしていました。さあこちらへどうぞ」

お屋敷の中へと案内されて、その豪華な調度品に圧倒されつつ、まるで夢でも見ているかのような気分で美沙さんの後をついて歩く。

想像していたより豪華で壮大！　もう、感激しかない。

二階に上がる階段下に四畳半ほどの部屋があり、そこが私の個室だという。

フローリング貼りのその部屋に入ると、クローゼットのそばに文机と椅子の一式があるだけだった。

こぢんまりしているけど、庶民の私はどちらかというとこのほうが落ち着く。

「今すぐお仕事に取り掛かりますね。なにからすればいいですか？」

そう言うと、美沙さんが眉を下げて遠慮がちに笑う。

「驚かないで聞いてほしいんだけど……メイドというのはあなたを雇う口実で、実際に頼みたいのは、社長のご子息である、水島葵さまの……添い寝係よ」

え……添い寝係ってどういうこと⁉

てっきりここで家事をするものだと勝手に思っていた。

寝かしつけが必要な子のお世話を任されるってことね……きっと。

かなり驚いたけど、ここで怯むわけにもいかない。

余裕の表情でにっこりと微笑んだ。

「畏まりました、精一杯頑張ります」

「紹介してくれた人から、寧々さんは責任感が強くて、自立している素敵な女性だと聞いているの。想像以上の方に来ていただけて安心したわ」

プレッシャーを感じるけど、期待を裏切らないように頑張るしかないよね。

美沙さんによると、葵さまのお父さまである水島社長は仕事人間で、ほぼこの家に戻ることはなく、お母さまもエステ関連の事業を学ぶために、現在は海外で過ごされているそう。

こんなに大きなお屋敷に住んでいながら、葵さまの親族は誰ひとりいないなんてきっと寂しいはず。

それで添い寝係が必要ってことかも。

お屋敷の見取り図を渡され、二階の通路の一番奥が葵さまの部屋だと聞かされた。

「葵さまは不眠症でお辛い思いをされているの。主治医によると、添い寝をすれば回復に向かうらしくて。ぜひ寧々さんに葵さまのケアをお願いしたいわ。頼りにしているから、よろしくね」

ここでの過ごし方を簡単に説明した後、美沙さんは部屋を出ていった。

添い寝をするだけで学校にも通えて、こんな立派なお屋敷に住まわせてもらえるなんて感謝しかない。

とりあえず新しい環境に早く慣れたい。

荷物の整理をした後は、夕食までとくにすることもなく、疲れていることもあり部屋でくつろぐことにした。

使用人専用の食堂で夕食をとり、お風呂まで入らせてもらった。

まるでゲストのような扱いで、なんだか申し訳ないぐらい。

葵さまの対応にどれだけ手こずるのか想像もつかないけど、衣食住も充実していてこれでバイト代がもらえるなんて、すごくありがたい。

就寝時間まで自分の部屋で過ごし、葵さまの部屋へと向かう。

お屋敷の中はとても静かで、これまで一度も葵さまらしき人とすれ違うこともなかった。

そういえば葵さまって何歳ぐらいだろう、私のことを警戒しないでいてくれるといいけど。

葵さまのお部屋へ出向き、数回ノックをしてみるものの返事はない。

不在であれば勝手に入ってもいいと美沙さんから聞いていたので、誰もいない部屋に入った。

私が暮らしていた家のリビング以上の広さで、そこには背の高いスライド式の本棚や、落ち着いたネイビーのカバーがかけられた四人掛けほどのソファがある。

木製のチェストや飾り棚などもあり、部屋のすみにはシーツの整えられたキングサイズのベッド。

全体的に洗練された空間で、まるでホテルの一室のよう。

豪華すぎて落ち着かないし、居場所もなくて入口に立ちつくしてしまう。

子ども部屋とは思えないほど整頓されていて、本棚にも難しそうな本がぎっしりとつまっている。

さすが将来を期待された方は、私には想像もつかない生活を送っていそう。

プレッシャーもすごいよね、きっと……。

しばらく待っても部屋に現れないし、もしまだ一階でテレビを観たり本を読んだりしてお過ごしなら、呼びに行ったほうがいいのかな。

迷っていると、ちょうど部屋のドアが開いた。

葵さま⁉

部屋に入ってきた、そのお姿を見て固まってしまった。

え……どういうこと？

目の前に現れたのは、黒の上下を着た、私と同じ位か少し上に見える……男性。

しかも驚くべきは、その美貌。

これまで見たこともないほど整った顔をしていて、背も高く手足も長く、まるでモデルのようなスタイル。

サラサラの黒髪、目に少しかかる前髪から覗(のぞ)く瞳がとても印象的……。

思わず見とれていたことに気付き、ハッとする。

使用人にしては服装がラフすぎるし、この方が……葵さま⁉

ううん。添い寝が必要って、まさか同年代なはずがないよね？

誰なんだろう……。

その男性は私には目もくれず、部屋の中へ入るとドサッとベッドに横たわった。

美沙さんから聞いていないだけで、ほかにもこの家の住人がいるってこと？

「今日からここで働くことになりました、安城寧々と申します……そこは葵さまのベッドとうかがっていますが……」

声を掛け一歩近づこうとすると、ずっと立ち尽くしていたせいか足が絡まり、そのままベッドに乗り上げてしまった。

「とんでもない女だな」

目の前には、極上の甘い瞳。

私を覗き込むようにしているその見知らぬ男性に、わけもなくドキドキとしてしまう。

慌てて起き上がろうとするけど、足が痺れていることに今気がついた。

最悪……。

うつ伏せの体勢から必死で動こうと努力していると、男性はベッドの上で座り直し、こちらを冷ややかに見つめている。

その佇まいはかなり落ち着いていて、私がここにいることをはじめから知っていたかのよう。

「あ……あの、葵さまはどこに……」

まさかとは思いつつ、でもそうあってほしくはないと願って聞いてみた。

すると……呆れ顔で、ため息交じりに男性が呟く。

「俺だ」

そうだったんだ……ほんの少し脳裏をよぎったけど。

この方が葵さまということは……添い寝をするのって……。

むっ……無理……。

小さな男の子でも女の子でもなければ、まさかの同年代の男の子。

しかも添い寝係とか、ありえない！

簡単に引き受けてしまったことを後悔するものの、ここまで来て今さら引き下がれない。

ああ、ここに来る前に時間を戻したい。私、これからどうすればいい⁉

思わずベッドに突っ伏してしまった。

目の前が、一気に絶望の色に染まった夜だった……。

それでは添い寝、致します

ベッドにうずくまっていると、頭上から声がした。

「いつまでそうしてるんだ」

ゆっくりと上を向かされ、気づけば私の頭に両手をついて、上から見下ろされる体勢になっている。

まさか……添い寝って、夜の相手をさせられる⁉

どうするかなんて考えている暇なんてないことを思い知らされる。

「申し訳ございません……添い寝係が……そういうことだとは知らなくて……」

ここは事情を話して丁重にお断りするしかない。

冷静に対処しようと思うのに、この状況に耐えられない。

あ、だめ……手が、足が、少し震えてきた。

おいしい話には裏がある、そういうことも理解せずここに来たことを改めて後悔する。

不安で情けない気持ちでいっぱいになっていると、葵さまがフイと顔を背けた。

「なんか勘違いしてるのか？　色気のない女に興味はない」

ハッキリと言われ、ある意味落ち込みそうな言葉だけど、思っていたような展開にならないと理解してホッとした。

それにしても、今すぐ襲われてもおかしくないこの体勢は……何？

「葵さま……退いてくださいませんか？」

「退くのはお前だろ。俺のスマホ、返せよ」

え？

何か頭に硬い物が当たってるような気がしたけど、手を伸ばすとそれがスマホだということに気づいた。

慌てて飛び起き、スマホを葵さまへ手渡す。

「申し訳ございませんでした」

ベッドから降りて身なりを整える。

葵さまは私のことなんて気にも留めない様子で、ベッドの端の壁にもたれてスマホを見ている。

添い寝なんて絶対無理だと思っていた。だけど女性として見られていないとわかれば、不思議とできそうな気がしてきた。

真実を隠されてここに来たとはいえ、断っても行く当てなんてない。

ここは仕事と割り切り、やっていくしかないか……。

「あの……不眠症だとお聞きしました。添い寝係として葵さまに寄り添いたいと思っています」

「へえ」

冷静かつ淡々とした口調の葵さまは、添い寝係が同世代の女だと分かっていてもこの調子。

超絶顔がよくてモテそうだし、女性の扱いにも慣れてる？

会話すら成り立たない、どうしよう……。

チラチラと葵さまのほうを見るけど、全く私に興味がなさそう。

そのうち葵さまはスマホを手にしたままベッドに寝転がった。

とりあえずベッドサイドに腰掛けて、葵さまを見つめる。

見れば見るほどその美しさに見とれてしまいそうになる自分に活を入れた。

そこに感心してどうするの？

しかも見つめていたことに勘づかれたのか、葵さまが鬱陶しそうに見上げてきた。

「恋愛経験なさそうなフリして、寝てる間に俺をどうにかしようとか考えるなよ」

「それには及びません。葵さまにぐっすりお眠りいただけるよう、私は自分の任務を全うするだけです」

「真面目だな」

もう後には引けないし、開き直るしかない。

怖がっても迷っても仕方がない、もうどうにでもなれという気持ちで凛とした態度で接することに決めた。

「それでは添い寝、致します……」

ベッドに上がり、壁に近いほうに寝転ぶ。

その時、葵さまがこちらを見た気がした。

だけど気のせいだったようで、目線は相変わらずスマホのほうを向いている。

私には関心なし……。

まあ、徐々に信頼関係を結べればいいか。

そう思うものの、添い寝しますと言っておきながらこれからどうすればいいのかわからず、壁のほうを向いたままでいた。

少しすると、背中側の少し離れたところからベッドの軋む音が聞こえる。

葵さま……？

後ろを振り返ると、葵さまは壁際にいる私とは反対方向……部屋の中央に身体を向けていて、目を閉じているのかすらわからない。

隣に、出会ったばかりの人がいて、これから一体どうすればいい？

添い寝係って、きっとただ横に寝転ぶことじゃないはず。

今さらながら、そんな初歩的なことに気づいた。

安心できるように背中を撫でる？

想像するけど冷酷そうだし、俺に触るなと一喝されるかも……。

険悪な雰囲気になっても困るし、ここは様子を見ながら取り組むしかないか。

「葵さま？　もう、眠りにつかれましたか……」

そっと声を掛けると、ため息が返ってきた。

「さすがに初対面の他人と一緒では難しいな」

ごもっともです……。

「申し訳ございません」

「もういい、別々で寝よう」

いつかは言われると思ったけど、早速断言されてしまった。

初日からこの調子では後が思いやられるし、ここはなんとか食い下がるしかない。

「それはできません。せめて葵さまが寝ついた後にそうさせてください」

「寝れないと言ってるだろ」

どうしよう……。

だけどまあ嫌われているなら、それより底辺はないはず。

これから上向きになることを願って、できることをやるしかない。

葵さまに寄り添うと決めたからには一応歩み寄ってみるか……。

「私がいることで眠れないのはよくわかります。差し支えなければうかがいたいのですが、治療とはいえどうして添い寝係を受け入れることにしたのですか？」

葵さまは答える気がないのか、無反応。

まあ私のことも信用していないだろうし、突然こんなことを言われても話す気にならないか。

それにしても……気まずい。

しばらくして、意外にも葵さまのほうから話し始めた。

「その時は、それもいいかと思った。まあ、初めてでもないしな……」

どういうこと？　これまでにも添い寝係がいた？

「え……」

「いや、何でもない」

そのまま葵さまは黙ってしまった。

出ていけと言われないし、このままここにいてもいいってこと？

寝室は静寂に包まれていて、目を閉じれば自分のベッドで眠っているような錯覚を覚える。

今日はいろいろあって疲れた……。

また落ち着いたら、添い寝係について美沙さんにご教授願おう。

そんなことを考えながらしばらく横になっていると、だんだん瞼（まぶた）が重くなってきた。

まだ眠るわけにはいかない……葵さまが眠ったのか確認してからにしないと。

そう思うのに身体がいうことをきかない。

ベッドにどんどん沈み込んでいくような感覚に襲われて、真新しいシーツの匂いも最高に心地よい。高い天井を見上げれば広くて真っ白、まるで夢の空間にいるみたい。

気づけば夢の中にいたようで、物音で目を覚ますと窓の外はすでに明るくなっていた。

慌てて身体を起こして辺りを見回すと、葵さまの姿はどこにもない。

私が居座るから、葵さまのほうから出ていった？

時計を見ると、六時を少し過ぎたところだった。

急いで部屋を出ると、廊下に葵さまが立っていた。

「うわあっ!!」

驚きすぎてものすごい声を出してしまった。

驚く私を見て、葵さまは鼻で笑う。

「ずいぶんだな。俺より先に寝るなんて」

「誠に申し訳ございません……気がついたら夢の中でした」

「添い寝係？　俺が、お前の？」

皮肉っぽく言われても、返す言葉がない。

緊張していたはずなのにいつの間にかリラックスしていて、葵さまの隣で朝まで爆睡するとか本当に最悪。

「なるほどな。神経が図太いからこそ、添い寝係に任命された。普通あの状況でいびきをかいて寝るとかありえないだろ」

「えっ、いびきをかいてました⁉」

「問題はそこじゃない」

仰る通りです！

ひたすら頭を下げるしかないし、ウンザリした顔を見せられてもう合わせる顔がない。

「もう二度とこのようなことがないように致します」

「なんでもいいから、早く支度しろ」

そう言って、何かを私に突き出す。

白い襟付きシャツと、胸元にエンブレムの入ったホワイトベージュのニットベスト。グレーとホワイトのラインが入ったチェックのスカートに、斜めラインの入ったネクタイ。

これは……制服？

「今日から俺と同じ、金銀高校に通うことになる」

葵さまと同じ学校に？

金銀高校といえば、ご子息ご令嬢の通うセレブ校。そこに通っているなんて、さすが日本を代表する水島グループの御曹司。

そこに私も通うの？

そういえば年齢を確認していなかったけど、同じ高校生ってことになる。

歳が近いとわかって、勝手に親近感をもってしまう。

つい笑顔になっていたのか、怪訝な顔をされた。

「何がおかしい」

「すみません……嬉しくて」

「ああ、そうだよな。庶民だし」

庶民？

葵さまには、セレブ校に通えることを喜んだと思われたみたい。

まあ、どっちでもいいか。

「転校手続きはすでにすませてある。前の学校に未練は？」

「それはありますけど……まあ心機一転、こういう経験もなかなかできないので前向きに考えます。ご心配は無用です」

日本に残りたい一心です！

「朝食をすませたら、家の前で待ってろ」

「承知しました」

頭を下げると、軽く顔を歪めている。

またなにか気に障ることをしたのかと焦ってしまう。

「敬語はやめろ、こっちまで肩が凝る」

「そういうものですか？」

「ああ……それから、俺のことは呼び捨てでいい」

呼び捨て⁉

「それはさすがに……」

「俺がいいと言ってるんだから問題ないだろ」

有無を言わさずといった雰囲気に、頷くしかない。

まあ……本人がそう言うなら、これからは遠慮なくため口を使わせてもらおう。

冷淡だし言い方もキツいけど、なぜか不思議と怖くはない。

同じベッドで眠ったことで自然と安心感が芽生えた？

当然向こうは私を受け入れる気はまったくなさそうだけど……。

一緒に登校するみたいだし、ため口でいいとか、完全に嫌がられているわけではないと思いたい。

昨日出会ったばかりで人物像もつかめない。

不眠症を抱える葵のために添い寝係として私にできるのは、もっとこの人を知って、少しでも心に寄りそうこと……。

「わかった、これからは気軽に話しかけるね」

葵に一礼した後、急いで自分の部屋へ向かった。

金銀高校はセレブ校

制服に着替えた後玄関を出ると、目の前に黒塗りの高級車が停まっていた。

運転手さんが後部座席のドアを開けると、颯爽と現れた葵が車に乗り込む。

そして私にも乗るように促し、ふたりで学校へと向かう。

高級車だからか外の音があまり聞こえず、会話もなく車内は静まり返っていてとっても気まずい。

隣に座っている葵は腕組みをして、じっと前を向いたまま何も話さない。

さっきから何度か話しかけるけど、完全に無視されている。

出会った時から冷たい雰囲気を醸し出しているのはわかりきっていた。

それでも、なんだか別人のよう……。

私も前を向いていたら、軽く肩を叩かれた気がした。

葵に呼ばれたのかと思い横を向くと、目の前に葵の顔があった。

顔が近いことに驚いて思わず声に出しそうになったものの、ぐっと堪える。

眠ってる……。

肩が当たったことで少し目が覚めたみたいだけど、再び眠りに落ちている様子でコクリコクリと頭を上下している。

不眠症と言ってもさすがにまったく眠らないわけにはいかないし、生活のどこかで寝るタイミングが決まってる？

車では眠れるってことか……。

それに私がいると寝れないようなことを言ってたし、不眠症のご主人様を差し置いて、添い寝係のほうが先に寝てしまい、しかも爆睡するという痛恨のミス！

もしそうなら本当に申し訳ないし、きっと私のいびきで更に眠れなかったはず。

とりあえず今はそっとしておこう。

学校に到着する頃には、葵は目を覚ましていた。

何事もなかったように車から降りると、私に声を掛けることもなく校舎へと向かう。

私たちのほかにも運転手付きの高級車で通学している人がいて、ここがセレブ校なんだと改めて実感する。

周りに気をとられているうちに、葵はとっくに先を進んでいた。

うしろ姿を追いかけていると、目の前を歩いている生徒たちがヒソヒソと話している声が聞こえる。

「葵くんよ。今日も素敵……」

「でも近寄り難い」

「こうして見ているだけでいい、目の保養になる」

まあたしかに、そうなのかも。

それにしてもすごい。

葵の通り道を空けるように、人が左右に避けていく。

なんとか追いついて話しかけると、周りがざわついた。

「なにあれ、正気なの？　葵くんに話しかけるとか失礼極まりないよね」

葵も、私を見ることもなく歩き続ける。

話しかける雰囲気でもない？

それでもこれからどうすればいいか、確認しておかないと。

「葵に話しかけてもいいの？　周りの視線が痛すぎて……」

「気にするな」

そう言われても困るんだけど……。

この様子だと、学園では目立つ存在っぽい。

まあそうだよね……巨大グループの御曹司で、しかもこの美貌。

周りが放っておくわけがないか。

仕方なく葵とは離れて歩くことにして、職員室に行くために別行動をすることにした。

確認しながら離れたけど、葵がこちらを振り返ることは一度もなかった……。


職員室で先生に聞くと、私のクラスは葵と同じ二年一組。

家でも学園でも一緒に過ごすのは、お互い少し窮屈かもしれない。

クラスぐらい離してほしかったと思いつつ、学園のこともまったくわからないし一緒でよかったのか。

まさかとは思うけど、添い寝係だってことは学園では隠すよね？

お互い変な噂（うわさ）がたっても困るし、一応、葵に確認しておくべきだった。

雇われている身で贅沢（ぜいたく）は言ってられないし、葵がバラすならそれまでか……。

腹をくくって教室に入ると、クラスメイトが一瞬ざわついた。

「こんな時期の転校生ってワケあり？」

「おーっ、結構かわいいじゃん」

「今朝、葵くんと一緒に登校してたよね。何者？」

いろいろな意見が聞こえるけど、葵は一番うしろの席で、こちらを気にすることもなく涼しい顔をしている。

先生に促されて黒板付近にある教卓の前に立ち、簡単に自己紹介をすませた。

私の席は葵の隣だと聞いて、ササッと自分の席に着く。

それでもこちらを見ようともしない。

一体どういうこと？

他人のフリをしろってこと？

それとも、私がどうというか、すべてにおいて興味なし……。

そのまま授業が始まり、ふと葵へ視線を投げかけると、頬づえをついたまま眠っていた。

車でもうたた寝していたし、やっぱり昨日は眠れてないんだ。

私が部屋を出ていかなかったことを怒っているなら、そう言えばいいのに。

後で直接聞いてみよう。

驚くことに、葵は昼休みまでずっと眠っていた。

机に突っ伏していて、起こそうかどうか迷っていると、ひとりの男子生徒が葵に近寄ってきた。

茶髪で少し癖っ毛の長身男子、たれ目がちで優しい表情はとても人懐っこそうな印象を受ける。

これまた葵とはまた違ったタイプのイケメン。ふたり揃っているととても絵になる。

「転校生と登校したって本当かよ。知り合い？」

男子生徒が葵と私を交互に見ている。

葵はなにも言わないし、私が答えたほうがいいのか迷っていると、葵が私をチラリと見る。

添い寝係だって言うつもり？

身構えていると、葵が口を開いた。

「詳しくはまた話す……事情があってしばらく一緒に登校する」

意外にも重要なところをぼかしてくれた。

少しは優しい一面もある？

「へー。それにしても、葵と同じ車で登校ってマジ地獄だな。大丈夫だった？　あ、俺は渋谷太郎ね。よろしく～」

かなり親しい友達なのか、そんな言い方をされて怒るのかと思えば、葵は少し笑っている。

友達の前ではこういう顔もするんだ？

違う一面を発見した気がして、少し嬉しくなる。

とりあえず頭を下げて、後はふたりの会話を横で聞いていた。

渋谷くんと話しているうちに、葵の表情がだんだん緩んでくる。

なんだかとても楽しそう。

私も早くこういう関係になりたいな……。

そこでハッとする。

それはないか……あくまで添い寝係なんだから。

「話に入りたい？　印象的な瞳だね。その目で見つめられたら俺までドキドキする」

渋谷くんが私に手を伸ばしてきたから警戒して身体をのけぞった。

苦笑していたけど、その後は葵と喋(しゃべ)っていて、渋谷くんは触ってこようとしなかった。

ホッ……。

しばらくして、校内放送が流れた。

「昼食の準備ができました。二年生は速やかに別館へ移動してください」

そういえば昼時なのに誰も教室から移動しないし、お弁当を出すこともないのかと疑問に思っていた。

話を聞くと、昼食は基本的に自由。今日は月一回の合同会食らしい。

今まで通っていた高校にはそんなシステムはなくて、初日からプレミアム感があって楽しい。

　別館に向かう途中、渋谷くんがしきりに話しかけてくる。

「葵は気むずかしいから、困ったことがあれば俺に何でも相談して」

「ありがとう」

「それにしても葵が女を連れて歩く姿って新鮮だな。今まで、女？　ウザ……って言ってたし」

　へえ……モテそうだし、私に冷たいのは嫌われているせいだと思っていたけど、女性全般にそういう態度ってこと？

「それにしても、かわいいな〜。当然彼氏はいるよな。突然転校して心配してるんじゃね？」

「いやいや……彼氏とかいないよ」

「マジ？　じゃあ俺がなろうかな……」

　渋谷くんに押されて困っていても葵はこちらを見ようともしないし、まったく関心がなさそう。

　ちょっとは助けてくれてもいいのに……。

「転校したばっかりだし、そういう気分になれなくて」

「そっかー……」

だんだん会話が減って、そのうち別館に辿り着いた。

中へ入るとそこはまるでレストランのようで、壁沿いに和洋折衷たくさんの料理が並べられている。

圧倒されて入口に立ち尽くしていると、葵と渋谷くんはあっという間に生徒に取り囲まれてしまった。

人気者のふたりを見ていて気づいたこと。

同じイケメンでも渋谷くんはちょっとチャラくて、女の子に次々と声を掛けては愛想を振りまいている。

対して葵は女子生徒に声を掛けられても相手をすることもなく、クールにやり過ごしている。

葵はそういう人なんだ……。

普段接している人にすらそういう態度なら、初対面の私に痛烈だったのも理解できそう。

そう思うと、少しだけ気が楽になった。

料理を取って空いているテーブルに着き、ひとりで食事をとっていると隣に誰かが立つのがわかった。

そちらのほうを見ると、大きな瞳のかわいらしい女子生徒がいた。

「ここ空いてる？」

軽く首を傾げると、セミロングの茶色くて柔らかそうな髪がふわりと揺れた。

とりあえず頷いたものの、ほかにも空いている席があるのに敢えてここを選ぶ理由って……と疑問に思っていたら、自己紹介が始まった。

「転校生の安城寧々ちゃんだよね？　私、同じクラスの中川エマ」

「そうだったんだ。ごめん、まだクラスの人の顔を覚えてなくて……」

「全然いいよ～。転校したばっかりで知り合いがほとんどいないよね？　一緒に食べよう」

こんなふうに話しかけてくれてすごく嬉しい。

エマちゃんは話題が豊富で初対面とは思えないぐらい話が弾んだ。

一気に仲良くなって、名前呼びする仲になった。

一緒に教室に戻ると、エマちゃんが耳打ちをしてきた。

「葵くんと登校してたよね。知り合いなの？」

興味津々の瞳で見つめてくる。

「あ……うん。ちょっと事情があって車に乗せてもらってる」

「そうなんだ。怖くないの？　エマなんて何もしてないのにたまに睨まれるよ」

渋谷くんも言っていたけど、葵の人当たりは本当に悪そう。

見ているだけなら目の保養になっていいんだろうけど……。

「怖くはないかな……ただ、何を考えてるのかまったくわからない」

「あ、わかる。突然怒りだしたりね、先生も手を焼いてるよ」

そんな会話をしていると、ちょうどチャイムが鳴った。

席に着いて前を向くと、黒板の前の席のエマちゃんがこちらを振り返った。

その笑顔が最高にかわいくて、転校初日に仲良くなれそうな人と知り合えて良かったと心底思った。


無事転校初日を終え、水島家へと戻ると一気に疲れが出た。

自室でぐったりしながら、添い寝の時間を待つ。

一日たったこれだけで、快適な暮らしができるのに気が重くて仕方がない。

まあ……今日はほんの少し葵の笑顔が見れたから、違った一面を見ることができたと思って前向きに考えよう。

きっとほんの少しぐらいは……優しいところもあるはず。

喉が渇いたこともあり使用人専用の食堂に行く途中で、美沙さんとすれ違った。

「新しい学校には馴染(なじ)めそう？」

「はい、なんとか……」

環境の変化についていくだけで必死だけど、美沙さんに心配をかけるわけにはいかないし無難に答えておこう。

「そう。困ったことがあれば葵さまに相談するといいわ。ちょっとつかみにくいけど、ああ見えて優しいところもあるのよ」

美沙さんはクスクスと笑っている。

「はい、そうします」

「寧々さんといると素直に見えるわ。きっと気に入ったのね」

それならどんなにやりやすいか……。

「嬉しいです。言い方がキツい時もありますけど、本当は温かくて心のお優しい方ですよね……」

最後のセリフ、ちょっと顔が引きつっていたかもしれない。

本音を言うと、外見も内面も極寒って感じ。

「今日は寧々さんの歓迎会を開くわね」

「そんな、お構いなく」

「いいのよ、寧々さんは家族に一番近い存在……そういう感じで葵さまに接していただけると嬉しいわ」

家族に一番近い存在……あっちにその気がないのにそれはかなりの難題。

「精一杯、頑張ります」

ちょっと嘘っぽかったかな。

うまく答えられたか不安だけど、美沙さんはホッとしたように見えた。

歓迎会は、葵が普段食事をしている部屋に招かれた。

大きなテーブルに深紅のクロスがかかっていて、綺麗にテーブルセッティングがすませてある。

どこからか聞こえてくるクラシックの音色に合わせて、次から次へと料理が運ばれてきて、まるで王宮の食卓。

和洋折衷、食べきれないほどの豪華な食事が目の前に並べられた。

葵は私から一番遠い席に着くと、黙々と食べ始める。

まったく歓迎されてないようだけど、美味しそうな匂いに我慢ができなくなり、美沙さんに勧められるがまま満腹になるまで食べてしまった。

「ごちそうさまでした」

「寧々さんは本当に美味しそうに食べるのね。葵さまも、いつもより食が進んでいましたね」

美沙さんに話を振られても、葵はしれっとしている。

「文句を言わないということは、これでも歓迎なさっているのよ。ふふっ」

そうは見えないけど。

疑問だらけだけど、美沙さんが言うなら信じよう。

「今日はありがとう」

葵にお礼を言ったら、軽く睨まれた。

「もうすべてが終わったみたいな言い方だな。本当の役目はこれからだろ？」

ああ……嫌なことを思い出した。

「顔に出すぎだ」

「ごめんなさい……」

「満腹で、今日も爆睡なんじゃないか？」

立ち上がると、葵は部屋を出ていった。

美沙さんにお辞儀をして、慌ててその背中を追いかける。

「今から少し話せる？　葵のことをもっと知りたくて……」

「無理するなよ」

振り向きもせず、どんどん先へ歩いていく。

学園では渋谷くんを交えて話す姿を見て、こんな顔もするのだと思った。

違った一面を見ることができて、ほんの少し葵に近づけた気がしたのに。

気むずかしい人……だけどあきらめずに向き合うしかないか。

目的は、不眠症を改善すること。

美沙さんからも家族のような存在でと言われたし、そこまではむずかしくても友達としてなら、お互い歩み寄れるかもしれない。

「葵のことをもっと知りたい。できれば友達になれたら嬉しいけど、それって無理かな」

そう声を掛けると、ぴたりと足を止めた。

「本気か？　友達作りのためにお前が雇われたわけじゃないだろ」

「今のままだとどう接すればいいかわからない。少しでも信頼関係を築けたら嬉しいんだけど」

きっと断られるはず、だけど聞いてみた。

「俺は人づきあいとか苦手なんだよ」

やっぱりむずかしいか……それでも簡単にあきらめるわけにはいかない。

「葵がふとした時に見せる笑顔って、本物っぽい感じがするんだけど……。でも、それなら無理しなくていいよ」

そう言ったら、葵は面喰(めんく)らった表情をした。

図星なのか迷惑だったのか……結局、何も言わずに部屋に入ってしまった。

あまり刺激すると激高しそうだし、下手に出ればきっと更に見下される。

フレンドリーに接すると馴れ馴れしいと言われそうで、本音をつけば黙り込む。
葵を理解するには、まだまだ時間がかかりそう。

試行錯誤するしかない⁉

添い寝の時間になり、葵の部屋のドアをノックすると軽く返事があった。

そっと部屋の中に入ると、葵がベッドに寝転がっていた。

「やっぱり来たのか……」

バカにするように鼻で笑われても、私は自分の職責を全うするだけ。

「仕方ないでしょ。これが私の役目なんだから……」

「大丈夫か？」

「私は平気。嫌がってるのは葵のほうでしょ」

そう言うと、不敵な笑みを浮かべている。

「じゃあこっちに来いよ」

ドキッ。

腕を広げて手招きされると、変に緊張してしまう。

いやいや……これは仕事の一環、無心で臨むしかない。

ベッドに横たわる葵の隣に寝転ぶと、疲れていることもあり一気に眠気が襲ってきた。

これはまずい、昨日の二の舞だよ。

一度座りなおして、葵の頭を撫でる。

「おい、やめろ……」

さすがに嫌だったのか、手を振り払われた。

「添い寝で不眠症が改善するってことは、安心感を与えればいいかと思って」

「安易だな……」

「それでも、効果があるかもしれないし」

「フン」

そこまで拒絶されないところを見ると、完全に拒否はされないのかも。

「登下校中や、授業中は眠ってるよね……」

「さすがに限界がきたらウトウトする。夜は……眠ろうとすると、逆に目が冴える」

それは結構辛そう。

「昨日の夜は眠れた？」

「いや……」

「今日は、葵が眠るまで見守ってるから、安心していいよ」

もしそれで眠れないなら、またほかの方法を考えればいい。
手を握ったり……？
想像して一気に恥ずかしくなった。
ううん、こんなことではだめ。これは治療なんだから……。
とりあえず今夜は葵が眠るまで隣に寝転ぶことにした。
そしてまた……やらかしてしまった。
目覚めるとベッドに葵の姿はなく、自分がいつ眠ったのかまったく覚えていない。
今日も怒られる……。
学園へ行く支度を済ませ覚悟の上で外へ出ると、葵は先に車に乗っていた。
急いで車に乗って声を掛ける。
「お待たせ……準備、早かったんだね」
「お前が遅いだけだろ」
昨日と同じ時間に出たのにな。
これは明日はもう少し早く起きたほうがよさそう。
その後は、昨日のようにうたた寝をしている。
穏やかな顔をしていて本当に別人みたい。
このぐらい静かな人なら一緒に過ごすのも苦じゃないのに。

学園に到着するまで、その横顔をそっと見守っていた……。

　登校二日目。

　学園にはまだ慣れないけど、校舎も綺麗でクラスメイトも優しいし、すべてが新鮮で結構快適。

　休み時間はエマちゃんが席に来てくれて、楽しく過ごすことができている。

　社交的だしほかにも友達がたくさんいそうなのに、気を遣ってもらっているようで本当に感謝しかない。

　昼休みになると、渋谷くんが席までやってきた。

「昼飯どうする？」

「何も持ってきてないから、学食にでも行こうかな」

「学食も一応あるけど、個別で別室を使って食べるやつが多いかな。俺らと一緒でいいならついてきて」

　俺らって、葵のことだよね。

　自分は関係ないとばかりに、廊下で突っ立っている。

　だけど私たちが廊下に出ると連れ立って歩き始めた。

「そろそろランチの準備が終わるはず。今日のメニューは何かな～。寧々ちゃんが好きな物だといいな」

「準備って、給食みたいな感じ？」

　メニューが決まってるみたいだし、渋谷くんについそう言ったら葵がフッと鼻で笑った。

「給食か……」

「どうせ庶民ですよ、バカにしないで」

「そういうつもりはないが……ま、俺らはいつもそんな感じだな。ほかのやつらは、お気に入りの店へ昼の時間に合わせてデリバリーを注文するのが主流だ。ちょっとしたパーティをする場合は、昨日みたいにブッフェ方式にするやつもいる」

もう完全に別世界で、給食で失笑するのも納得した。

三階の空き教室には、葵の友人が何人か揃っていた。

教室の端で葵とふたりで肩を並べて食べることになった。

今日のメニューは私の大好きなサツマイモを使ったおかずもある。

その他手の込んだ料理が少量ずつプレートに並べてあり、彩りも綺麗で本当に美味しそう。

「サツマイモ大好き〜。こんなに美味しいの食べたことない！」

「芋でそんなに感動するか？　面白いやつだな」

葵は珍しく楽しそうにしていて、私を見て笑顔になった。

こんなふうに笑うのって貴重だよね。

「やっぱり給食みたいで懐かしい……。自分で選べないぶん、新しい味を発見したり好きな食べ物がサプライズで出るって、考えただけで楽しくなる」

「まあな……」

その後の葵は、表情ひとつ変えずに食べている。

何が好きなのか、嫌いなのか……まったくわからない。

「葵は本当にわかりにくい」

「敵に手の内を知られたくないからな」

「敵って誰⁉」

それに、向かうところ敵なしのくせによく言う……。

「もう、長年こういう感じだから……しみついてる。感情を素直に出せるのもそうだし、庶民の食いっぷり、尊敬する」

いや、むしろバカにされてる？

「お褒めに預かり光栄です。それに、少食の女は好きじゃない」

「一理あるな。美味しいものは美味しいうちに」

これは、たくさん食べる私は許容範囲ってこと？

ああ、また笑った。

なんだか嬉しそうな葵を見ていると、こっちまで楽しくなる。

いつもこうだといいのに……。

「ご機嫌だな。念のために言っておくが、俺のこと好きになるなよ?」

「ならないし……」

微笑んでいる葵を見て、嬉しくなっただけ。

ただそれだけなんだから。

私の理想は、こんなに俺様で冷たい人じゃない。

一緒にいて楽しくて、尊敬できる一面があって、私のことも尊重してくれるような人がタイプ。

かけ離れすぎ……。

「私のことも好きにならないで」

「当然だろ」

言い返したつもりが、言い負かされてしまった。

なかなか仲良くなることはできないけど、会話が続くだけでも進歩してるはず。

そう思っておこう。

私の眠気をうつしてあげる

次の日の登校時、車が動き出して少しすると葵は今日もうたた寝を始める。

昨晩、就寝時間になり葵の部屋へ行くと、早く寝ろと言いすぐに目を閉じてしまった。

何度か声を掛けたけど、その後は完全に無視。

連続で先に寝てしまったし呆れてる？

中途半端な気持ちが、きっと葵にも伝わっていたんだ。

今夜こそ……不眠治療のお手伝いができるよう、真面目に取り組もう。

意を決して授業に臨むと、ある事実に直面した。

今朝の小テストで発覚したけど、私、ちょっとピンチかもしれない……。

前の学校より進度が早いようで、まだ習っていない問題が多く出題された。

しかも来週は期末テストがあるみたい。

前の学校で成績は悪いほうではなかったけど、このままだと底辺まで落ちるかも。

テストを返された瞬間、あまりの点数の低さに直視できなかった。

休み時間になり、人気のない廊下でテストを広げて再確認する。

見たこともない点数に愕然としていると、角を曲がって来た人に後ろからぶつかられた。

「ごめん、前見てなかった……大丈夫だった？」

申し訳なさそうに眉を下げて私を心配そうに見ているのは、黒髪の男子生徒。

真ん中で分けられた前髪は両サイドに流してあり、優しそうな表情からも物腰の柔らかそうな印象を受ける。

「これ落としたよ……」

衝突した瞬間に答案を落としたらしく、拾ってくれたもののバッチリ点数を見られてしまった。

「ありがとう……ひどい点数でしょ」

「いやっ、見てない。見てないから」

私が落ち込んでいたからか、慌てている。

「正直に言っていいよ。最悪な結果なの……ここまでひどいと思わなくて」

「転校生の安城さんだろ？　俺、同じクラスの宇治山。初めてのテストだし、仕方がないよ」

「うん……全然解けなくて……」

初対面なのになぜか素直に話してしまえるのが不思議なほど、包み込むような優しい雰囲気をもっている。

「よかったら教えるし、いつでも声かけてよ」

「本当に？　ありがとう」

エマちゃんを始め、金銀高校の人って本当に優しい。

話しながら一緒に教室に戻った後、自分の席に着いた。

昼休みになって今日はどう過ごそうかと考えていると、渋谷くんが駆け寄ってきた。

「葵〜、飯食いに行こ。もちろん寧々ちゃんも……」

「今日は別々だ」

あ、そうなんだ……。

昨日から無視されてますからね。

一緒にいたくないっていう意思表示なのか。

昼食を一緒に食べる約束はしていないものの、昨日のランチは美味しかったしあれを食べれないとなるとかなり惜しい。

そのうち渋谷くんを介すことで、昨日からゼロだった葵との会話は復活。

恐るべし……渋谷くんのコミュ力！

ひとりで学食で昼食をすませ、また教室に戻る。

昼休みが終わる頃、葵がふらりと戻ってきた。

そうだ、誰かにテスト範囲を聞けばよかった。

休み時間になると渋谷くんが席に来るし、後で聞いてみようか。

葵に聞いたらなんだかバカにされそうな気がするんだよね……。

「渋谷くんと後で話してもいい？」

一応葵に了解をとっておこうと思っただけなのに、目を見開いて驚いている。

何？　その反応……。

「なんだよ、好きな顔か？」

「違うから。テスト範囲を聞こうと思っただけ」

「そんなの口実だろ。渋谷はモテるからやめとけ」

どういうこと？

そんな目で見てないのに、本当に失礼。

こんな葵には絶対に聞きたくない。

口には出さずに笑顔でかわした。

「そんなんじゃないから。後で先生に聞くことにする」

「まあ、それが正解だな」

その後は、何も言わずに授業を聞いていた。

前の学校で習ったはずなのに、超難問ばかりで結構びびる。

ここは進学校だと思ってなかったけど、こうして授業を受けているとかなりのハイレベル。

ちょうど今、先生が黒板に書きだしている問題もかなり解くのがむずかしくて格闘していると、隣から視線を感じた。

チラリと見れば、葵がこちらを見ていた。

「さっきから手が止まってる」

バレてたか……。

「全然だよ。簡単すぎてつまんなくて」

「余裕だな。ま、確かに授業はだるいな」

葵のノートも白紙。

授業中はよく寝ているし、勉強が苦手？

「水島さん、前に出てきて解いてください」

先生に当てられたのは、葵。

どれだけ困っているかと思えば、涼しい顔をしたまま立ち上がり前に出ている。

いつでもポーカーフェイスだよね。

葵は、サラサラと黒板に回答を書いている。

適当にやってる⁉　それとも、今そこで考えて解いてるってこと？

とてつもなく長い公式を書き、やっとのことでそれを書き終えた。

「さすが水島さん、パーフェクトだ」

先生が拍手をすると、クラス中で歓声が沸き上がる。

あの問題を解いたの⁉

葵は席に戻ってきてニヤリと笑った。

「そんなに驚いてどうした？」

「すごいね……」

「まあな。特進クラスであのぐらい解けないとまずい」

「とっ……特進⁉」

問題が高度すぎるはずだよ。

どうして私がこのクラスにいるのかってことは聞くまでもない。

葵と同じクラスに編成されただけのこと……。

「そんなに驚いてどうした」

「本当のことを言うと、全然わからなかったの。普通クラスに行きたい……」

「俺にレベルを下げろって？」

「私たち、違うクラスでもいいよね」

「まあな。だけどお前にしては簡単にあきらめるんだな」

私に関心がなさそうなのに、そういうところはしっかり見てるよね。

「そう言われても……授業について行けない」

「必死に勉強することだな」

特進クラスの人とは元々の出来が違う気がするけど、確かにまだ何もしていない。

「そうだね……きっと、何度もやればできるようになるはず。せっかくいい環境に巡りあえたし、このチャンスを活かして頑張る」

葵は珍しく私を見て何か言いたげにしていたけど、結局何も言わなかった。


下校時はもちろん車でうたた寝。

不眠症とはいえ、こういう隙間時間で眠っていて夜に眠れるわけがない。

この調子だと今夜も寝れないはず……。

予想はつくけど、今からやる気を失ってる場合じゃない。

頑張るって決めたし、やるしかないか。

自分に活を入れ、葵の部屋へと向かう。

いつものようにドアをノックすると、返事が返ってきた。

今日はまだ寝転がず、勉強をしているのか机に向かっていた。

近づいて何をしているのか覗き込むと、使用しているノートパソコンの蓋をパタンと閉じられてしまった。

「見せてくれてもいいのに」

「そろそろ寝る時間だな。そこに転がれよ」

ベッドサイドに腰掛けると、私をベッドへと促す。

「私はいいよ、葵が先に寝て」

「どうせ先に寝るんだろ。俺はまだやることがある」

「それなら、私もまだ起きてる」

「あっそ」

再び机に戻ってパソコンを開いている。

また近づいたら寝ろって言われそうだし、少し離れたところで私も勉強しようかな。

参考書を借りて読むけど、むずかしすぎてわけがわからない。

うーん……眠たくなってきた……。

こんなことを繰り返していてはだめなのに、情けない。

目を覚ますために顔を洗って出直すと、葵に呆れた顔をされてしまった。

「眠たいなら先に寝てろよ」

鬱陶しそうに言われて反論したいけど、その通りだから仕方がない。

「葵は……まだやることがあるの？　もう寝ようよ……」

そばに行ってクイクイと服を引っ張ると、不敵な笑みで見つめられる。

「誘ってるのか？」

「そうじゃないよ。私の眠気をうつしてあげる。こっちに来て」

もう眠たくて仕方がないし、こんな言い訳しか思いつかない。

拒否されるかと思ったら、意外と素直にベッドに移動した。

横になって、私を真っすぐに見つめてくる葵の瞼に手をあてる。

「大丈夫……眠れるから」

「やめろ」

そう言って私の手を取ったから、思わず葵の手を握った。

一昨日はそうしようと思っても、できなかった。

だけどこの眠気で恥ずかしさなんて吹っ飛んでるし、行動に移してみた。

「離せ」

「ちょっとは……安心しない？　葵もこのまま眠れるといいね……」

そのまま眠気が襲ってきたからその後どうなったか覚えてないけど、寝落ちするまでに手を振り払われる感覚はなかったような……気がする。


目を覚ますと、葵が隣で眠っていた。

もしかして添い寝が成功した？

私に背中を向けているけど、呼吸に合わせて身体が少し上下している。

しばらくして、寝返りを打った葵とばっちり目が合った。

「お、おはよう……」

なんだか気まずくてとりあえず挨拶をすると、失笑された。

「まだ朝じゃないだろ」

時計を確認すると、夜中の一時だった。

中途覚醒したってわけ……。

「なんだよ……」

起き上がろうとする葵を軽く引っ張る。

「もう一度目を閉じれば、夢の続きが見れるかも」

「は？」

何を言ってるんだとばかりに睨まれる。

「今起きると、また眠れなくなるから」

「夜中に目が覚めるのはよくあることだ、慣れてる」

「そんなことに慣れるとかないよ。添い寝係として、起床を断固拒否します」

「頑固だな」

何と呼ばれようが、ちゃんと眠ってくれるなら全然いい。

あきらめたのか、再びベッドに背中をつけた。

「人の体温って安心するって聞いたことがあるし、もう少し近くで寝てみようか」

緊張するけど少しずつふたりの間を詰めると、葵が冷ややかに見てくる。

「警戒心ゼロだな。誰にでもそうなのか？」

「そう思いたいならどうぞ。私は……仕事だと割り切ってる」

とにかく、方法を探っていくしかない。

真剣な表情で訴えると、軽くため息をつかれた。

「こんなこと、普通の感覚だとできないだろ」

「不眠症なんて辛すぎでしょ……ちゃんと横になって眠らないと疲れも取れないし、ずっとこのままだと思うとさすがに心配……」

出会ったばかりだし、葵に特別な感情をもっているわけでもない。

それでも可能性があるなら、眠れるようにしてあげたいと思う。

「私とじゃ嫌だろうけど、治療に前向きになってほしい」

「仕方ないな、そこまで言うならやってみろよ。確かにさっき……眠れた気もするしな」

「本当に？　よかった」

「そうだとしても、ほんの小一時間。喜びすぎ」

それでもすごく嬉しい。

その後葵は背中を向けてしまったけど、ふたりの距離は今までで一番近い。

心の距離も、少しだけ葵に近づけた気がした。

俺様男子は取り扱い要注意！

次の日の朝目覚めると、ベッドに葵はいなかった。

相変わらず葵は早起き。

また夜中に目が覚めてそのまま起きているのかもしれないし、一緒に過ごして実感するけど本当に心配になるレベル。

支度をすませ、一緒に車に乗り学園へと向かう。

その途中、葵は車内でぐっすりと眠っていた。

夜に眠れないのはわかったけど、こういう形で仮眠をとるから夜に熟睡できないのも当たり前。

悪循環をいつ断ち切るかも、私に課せられた任務なのかもしれない。

気持ちよさそうに眠っているけど、ここは心を鬼にして起こしてみる？

だけどこんなに穏やかな顔を見たらそのままにしておきたくなる。

それに、葵が眠っている時のほうが私は平和……。

カーブを曲がる時に車体が揺れると、葵が私にもたれかかってきた。

低く唸（うな）っているから起きたのかと思えば、目を閉じたまま強く手を握ってきた。

かなり力を籠めてくる。

大丈夫かな……。

振り払おうとしても、かなりの力で解くことができない。

痛い握り方ではなくてしっかりと、まるで引きとめるかのように軽く引っ張られる。

起きてる⁉

そう思うけど、額には脂汗が浮かんでいる。

辛そうに顔を歪めていて、その姿はまるで夢にうなされているかのよう……。

これは起こしたほうがいい？

「葵、起きて」

握られていないほうの手を肩にあてて揺さぶる。

薄っすらと目を開けてまた閉じてしまった。

「うう……」

本当に苦しそうで、一体何が起きたのか驚くばかり。

体調が悪い？

運転手さんに目配せすると、首を横に振っている。

「これは葵さまにはよくあることで……美沙さんからはそっとしておくように言われています」

そんな……だからって、このまま放っておくわけにはいかない。

みるみるうちに顔は真っ青になり、あんなに力強かった手からは完全に力が抜けてしまっていた。

「すぐに車を停めてください」

路肩に駐停車した瞬間に車から降り、近くにあったコンビニに駆け込んだ。

そして冷たいミネラルウォーターを買って、また車に戻る。

葵の頬にそのペットボトルを押しつける。

冷たさに驚いて起きるかと思えば、渋い顔をしただけだった。

まだぐったりとはしているけど、呼吸が少し荒い。

少しでも楽になればと、ネクタイを緩めて、シャツのボタンを二、三個開けた。

額にかいた汗を、ハンカチで軽く押さえる。

少し落ち着いてきたように見えて、ホッとしていると……葵が薄目を開けてこちらを見ていた。

よかった……意識が戻った。

「苦しそうだったから……あ、そうだ。これ飲んで？　冷たくて頭がスッキリするよ」

何か文句を言ってくるかと思ったけど、黙ったまま私の手からペットボトルを受け取った。

素直に飲んでいるところを見てホッとした。

「……もう平気？」

顔色は元に戻っている様子。

心配で顔を覗き込むと、フイと背けられた。

運転手さんの話だと、この状態になるのは一度や二度ではなさそうだった。

きっと葵にも、うなされていた自覚はあるはず。

詳しく聞かれたくないように見えるし、放っておいたほうがよさそう。

学園に到着してからも、葵は私と顔を合わせようとしないし、話しかけても無視される。

私が出すぎたことをしたから、気に障ったのか……。

授業中、眠たそうな目をこすりつつも葵は起きていた。

昼休みまで隣の席の葵を観察していると、顔色が悪いというわけではないけどやはり調子が悪そう。

「疲れてるみたいだし、今日はもう帰ろう？」

葵に声を掛けると、こちらを見ることもなく返答だけあった。

「大丈夫だ」

どうしたものかと困っていたら、このやり取りを見ていた生徒が、ヒソヒソと話す声が聞こえる。

「……ふたりってどういう関係なんだろ」

「まるで彼女だよね、だけど葵くんは少し迷惑そう」

いろいろな声が聞こえるけど、私を雇っているのは葵だからべつに何を言われても構わない。

最初から葵は私にそっけないけど、今日は普段とは違う気がする。

それにしても、今朝の車の中での出来事は何だったのか。

醜態をさらしたと思ってる？

とりあえず今は、時間を置くしかないのか。

仕方なく席を離れることにした。

お弁当を持ってきていないし、購買で何かを買って外で食べよう。

教室を出てしばらくすると、うしろから誰かの走る足音が聞こえる。

葵⁉

ありえない期待を抱きつつ、振り返るとそこにいたのはエマちゃんだった。

「一緒に食べよう?」

相変わらずのかわいさで、見ているだけで笑顔になる特別なオーラを纏っているように見える。

今日はデリバリーをせず学食で食べる予定らしく、一緒に行くことになった。

エマちゃんの口から出るのは流行りのスイーツやファッション、アイドルの話が多め。

私は流行りには疎いから、そういうことを聞くことができるのも新鮮で楽しい。

「好きなアイドルがいないって珍しいね。推しがいると楽しいよ?」

「そうかも。私にもいつか見つかるかな」

まったくアイドルには興味がないけど、エマちゃんが楽しそうに話すから見つかるような気すらしてくる。

「そうだ、寧々ちゃんは葵くんと親しいの? 一緒に登校してる割には会話も盛り上がってなさそう。さっきもそんな感じだったし」

「全然親しくないよ……」

まさか毎日添い寝してますとも言えず、苦笑する。

「そうなんだ。ねぇもっと楽しい話しよう」

「うん」

ふたりで笑って楽しく過ごして、いつの間にか昼休みが終わっていた。

下校中も葵はいつにも増して静か。

終始黙っているし、ここまでだと一緒にいて気が重い。

まあそんなに重要なことを話しかけているわけでもないから、スルーしやすいんだろうけど。

添い寝の時間になって葵の部屋に行くと思うと少し憂鬱(ゆううつ)。

だけどそうも言ってられない。

思い切って部屋のドアをノックすると返事は返ってこなかった。

いつもなら返事があるのに、どうしたものか。

いつまでもこの状態を続けるわけにもいかないし、遠慮なく入ることにした。

「入るよ」

葵は部屋の中にいて、昨日と同じように机に向かっていた。

私の存在に気づいてないわけもないのに……と思いつつ近寄ると、イヤホンをしている。

顔を覗き込むと、イヤホンを外しながらジロリと睨まれた。

「いつからそこにいる」

「ついさっきから。葵って意外と真面目なんだ……勉強してたの？」

授業中はいつも寝ているし、不真面目なのだと少し思っていた。

「テストが近いからな。そういえば、思うような点数じゃなかったみたいだな。小テストの結果見て青ざめてたし。お前って顔にすぐ出るからわかりやすいな」

「あはは」

笑ってごまかしていたら、葵は突っ込んで聞いてくることもなく再びイヤホンをつけて、パソコンを見つめている。

何かの講義を聞いているみたいだし、邪魔をしたかも。

ふと葵の手元を見ると、試験範囲をまとめた用紙が置いてある。

そしてそのすぐ近くには、教科ごとに綺麗にまとめられたノートがあった。

……いいもの発見。

手に取っても止められないから遠慮なく読ませてもらうと、ものすごく見やすくてわかりやすい。

自分用なのに、間違えやすいポイントなどがコメント付きで書いてある。

すごい……これなら私にも理解できる。

懇願するように手を合わせて葵を見つめると、ノートごと追い払われた。

追い払いたくてそうしたんだろうけど、これは使ってもいいってことと解釈しよう。

葵が勉強している間、部屋のすみに座り、そのノートを活用させてもらうことにした。

一通り目を通し、大体の内容を頭に入れることができた。

さすが特進科の問題はむずかしいものばかりだけど、パターンを覚えてしまえばできないわけでもないような気がした。

途中で眠ってしまっていたようで、目が覚めると床で眠っていた。

痛い身体をなんとか動かし起き上がる。

机のほうを見ると、葵はまだ勉強していた。

意外と真面目なんだ？

そう言いたくなるのを抑え、ゆっくりと歩み寄る。

「まだ起きてたの？　そろそろ寝たほうがいいのに」

声を掛けるとこちらを見ることもなく問題集を解いている。

「眠れない。それなら起きてるしかないだろ」

なるほど、そういうこと。

「私に任せてよ。すぐに眠れるから」

「うたた寝しておいてよく言うな」

確かにね、また先に寝たことを掘り返されると耳が痛いけど、今から頑張るし挽回させてほしい。

「ねえ、また昨日みたいにする？」

「昨日？」

わかっているのかどうか、顔色ひとつ変えずに聞いてくる。

それは、手を繋いだり……近くで寝たり……なんだか口にするのが恥ずかしい。

「とりあえずこっちで横になって」

ベッドに座ると、葵はすぐ近くで横になった。

「手、繋いでいい？」

念のため前もって確認すると……葵のほうから手を握ってきた。

これは……どういうこと？

自分から聞いたものの、いきなりの行動にこっちが焦る。

「試してみるか……」

昨日、こうするのが睡眠導入に悪くなかったってこと？

緊張するけど私から視線を逸らしているし、手だけに集中すると温かくてなんだかホッとする。

三十分ほどそうしていたけど、お互い目が冴えたまま。

「だめっぽいな」

手を離して、葵が起き上がる。

どこに行くの？

部屋を出ていくかと思えば、ベッドの下に固めてある掛け布団を手に取っただけだった。

そして布団を私にかぶせて、一緒に同じ布団の中にくるまれる。

ちょっとこれは……。

「体温で眠れるとか言ってたよな？　これも試すか」

いや、かなり近くて……緊張する……。

だけど私がこんな感じだといつまでたっても葵を眠らせることなんてできない。

可能性があるならやってみるしかないとはわかっていても、だんだん心拍数が上がるのがわかる。

葵は仰向けになって目を閉じているけど、何ともないの？

最初は緊張していたけど、その温もりにだんだん眠たくなってきた。

私に効果があっても仕方がないんだけど、葵は横になったり仰向けになったりを繰り返しているからなかなか眠れないみたい。

「暑い……」

結局、葵は掛け布団を剥いでしまった。

この作戦も失敗に終わった。

掛け布団を整えるために起き上がろうとしたら、眠たいのもあってバランスを崩して葵のほうに倒れた。

ああ……やってしまった。

正面から受け止められて、なんだか抱きしめられるような体勢になる。

「ごめん……フラついた……」

「大胆だな、そんなに俺とくっつきたい？」

「そういうわけじゃ……」

ゆっくりと押し返されるけど、葵は私のほうをジッと見ている。

いつも目を合わせないのに、こういうときだけどうして……。

慌てて目を逸らし、急いで寝転ぶ。

ハプニングとはいえ、抱きしめられてちょっとドキドキしてる。

意味がわからない……もう、このまま眠ってしまいたい。

掛け布団があったら頭からかぶれるのに。

この変な感じを打ち消すために、目を閉じて視界から葵を消した。

静かだしもう眠ったのかと思って隣を見ると、葵は横たわったまま片肘をついてこちらを見ている。

「え……何？」

「寝てないのか」

だからって、どうしてこっちを見てるの？

「葵が寝るまで私も頑張る……」

「お前の寝顔見てたら、少し眠たくなってきた」

「本当に？」

「ああ……こういうのも悪くないな」

ふああ……と欠伸をすると、葵は仰向けになって目を閉じた。

眠くなったならまあいいけど。

今度は私が寝顔を眺める番だね。

そう思って葵を見ると、その寝顔は国宝級の美しさ。

「もし……またうなされたら、何もするな」

ボソッと葵が呟いた。

「え？」

「今朝の車であったようなことが、たまにある。発作も最近はおさまっていて油断した……誰にも言うなよ」

「もちろん言わないし、学園では王様扱いかもしれないけど、私はそういう目で見てないから。虚勢を張る必要もないし強がらなくていいよ」

「余計なお世話だ……」

「不眠治療の一環だと思って、私にはどんな部分も見せて大丈夫だよ。秘密は厳守するから」

「考えとく」

そう言うってことは、少しは私に気を許してる？

とりあえずいいようにとっておこう。

その後自然に会話が減り、私はそのまま眠ってしまった。

葵も眠れているといいんだけど……。

きっと、私だけがドキドキしている

水島家に来てからの新生活も一ヵ月が過ぎ、お屋敷で葵と一緒のベッドで眠る日々が続いている。

朝起きると葵はベッドにいないことが多く、いつ目覚めているのかもわからない。

それでも入眠まではなんとか見届けることができているし、不眠症が少しずつ改善されているといいけど。

葵は相変わらず登下校中の車中や、授業中は眠っている。

学校での私たちはつかず離れずといった関係……。

昼休みになりエマちゃんやほかの友達と別室でお弁当を食べるつもりが、葵から連絡が入った。

緊急だ、音楽室へすぐに来いって、まさか発作が起きて不安になった？

それで私を呼ぶなんてかわいいところもあるじゃない。

真実は不明だけど、友達には違う理由を告げて葵の元へと向かう。

音楽室に駆け込むと、教室の一番奥の席に葵がいた。

苦しそうには見えないからひとまず安心する。

「遅い、緊急って言っただろ」

「はあっ、はあ……。できるだけ急いで来たつもり、お弁当もそのままにして来たのに」

走ったせいで、完全に息が上がっている。

それでも私を気遣うこともなく、冷たい言葉が降り注ぐ。

「俺のケアをするつもりにしては遅かったな」

「緊急ってそれ？　私を試すようなことはしないで」

身勝手さに呆れていると、「まあまだ時間はあるし、とりあえずここに座れよ」

と言った後、手元のスマートウォッチの時間を確認するように軽く触れる。

そしてフッと鼻で笑った。

「あーあ、一緒に食おうと思って呼んだのに」

それなら最初から教室で声を掛ければいいのに。

素直じゃないというか、意地悪というかなんというか。

目の前にサンドイッチをいくつか並べて、好きなのを食べていいと言われるけどお弁当があるから取りに行きたい。

すると突然、勢いよく音楽室のドアが開いた。

「お待たせ～！」

そこに現れたのは、ご機嫌でニコニコ笑顔の渋谷くん。

私の前にお弁当を置くと、渋谷くんは近くの席に腰掛けた。

「これって私のお弁当……持ってきてくれたの？　ありがとう」

「さっき葵に頼まれた」

「いつの間に……」

そういえばさっきスマートウォッチを触っていた気がするけど、その時に渋谷くんに連絡をした？

葵を見ても、目も合わせない。

「だからって渋谷くんに頼まなくてもいいのに」

「俺は全然いいって。実は今、俺の課題をやってくれてる」

そういえば、葵のうしろにノートパソコンがある。

「今回だけな。自分のをまとめるついでにやってるだけ」

課題って、確か明日までに提出するはずの物？

一見適当そうだけど、頭脳明晰で成績も優秀だということがこの一ヵ月でわかった。

生まれながらの才能もあるだろうけど、夜に真面目に勉強をして努力していることも知ってる。

葵のまとめた資料はわかりやすく、それを借りて私も勉強している。

そのおかげで授業に完全に遅れることなく、なんとか食らいついている感じ。

「次は自分でやれよ」

「わかってますって！」

そういえば、私もまだだった……どんな感じか見せてほしい。

ノートパソコンを覗き込むと、パタンと閉じられてしまった。

「お前には見せない」

残念だけど、自分でやるしかない。

そしてそのまま昼休みを過ごすことになった。

渋谷くんといる時、葵はとても楽しそうに見える。

この三人でいる時間が、私は結構好き。

葵とふたりの時は、たまにどうしていいかわからないことがある。

無口で何を考えてるのかわからないかと思えば、不意打ちの笑顔に戸惑う。

本心がどこにあるのかまったく理解できない。

早く、少しでも友達っぽくなれるといいんだけど。

五限目は、来月に開催される夏合宿の説明会があった。

イヤホンをセットして、各自のノートパソコンで学年主任の話を聞く。

クラス共通のデータが入ったフォルダをチェックすると、沖縄に二泊三日の滞在で、注意事項や準備物が記載されている。

水島家に居候している私が行くべき？

その日は添い寝の必要もないし、行かなくてもいいか……。

せっかくだから、葵がいない数日は羽を伸ばして過ごしたい……そんなことが頭をよぎる。

万が一、『一緒に来い』と言われても丁重にお断りしよう。

そう心に決めて葵のほうを見ると、ここぞとばかりに眠っている。

まあいつものことか……。

そしてまたノートパソコンへ視線を戻して中身を確認する。

合宿といっても、さすがセレブ校。

専用機をチャーター、日本最大規模のホテルグループS1リゾートが運営する、予約の取れない超人気ホテルに宿泊し、人気シェフの実演有りの豪華ブッフェ、選択制でクルーザーでのホエールウォッチング、シュノーケリングや島内観光等も組み込まれている。

行程を見ているだけで楽しくなってくるけど、誘惑に負けるわけにはいかない。

合宿への参加は日々の課題の提出が必須……。

葵は授業中に寝ていても、課題の期日は守るしもちろん内容も先生が納得するほど十分な物を仕上げている。

プレゼンテーションもそつなくこなすし、その点は完璧。

葵が合宿に行くことは確定。

不眠症への配慮なのか、学校側が腫れ物には触れない体質なのか、巨額の寄付金をしている超ＶＩＰだからなのか、授業中に葵を注意する先生は誰ひとりとしていない。

未だずっと葵は夢の中……。

「ここからは、先生に代わって放送部の私が説明します」

突然、澄んでいてとても綺麗な声がイヤホンから聞こえてきてハッとした。

画面に映っているのは、宇治山くん。

放送部なんだ？

宇治山くんに点数のひどい答案を見られて以来、心配してかたまに声を掛けてくれる。

おすすめの参考書を教えてくれたりと、本当にいい人。

毎晩必死に勉強をして、葵のわかりやすい解説のおかげで何とか期末考査を乗り切ったものの、宇治山くんにも助けられた。

今まで気づかなかったけど、イヤホンを通して聞くと、クリアな発音と流れるような口調がかなり耳に心地よい。

宇治山くんの新たな一面を見た気がして思わず画面に見入ってしまう。

「そこ、そんなに重要？」

「えっ？」

いつの間にか葵が私の横に椅子を近づけていて、宇治山くんが映っている画面を軽く指で小突く。

ハッ！

画面を食い入るように見ていたらしく、慌てて顔を離した。

「貸せよ、イヤホンの調子が悪くなった」

葵は強引に私からイヤホンを奪う。

どういうこと？　単なる嫌がらせ？

「まあいいけど……どうせ合宿には行かないし」

「は？」

当然行くと思っていたのか、意外そうに声を上げる。

毎晩ずっと、添い寝係なんてごめんだから。

「たまには私に休暇をください」

「成果がでてるならな」

そう言われると耳が痛い。

勝ち誇った顔で嘲笑われて、何も言えなくなった。

入眠まで見届けているつもりだけど、実際のところは分からないし、葵からすれば仕事らしいことはできてないのかも。

だけどそれとこれとは別。

反論しようと思って葵をチラッと見たら、優しく目を細めている。

「普段の授業はダルいけど、合宿は楽しみだな」

普段は見せない顔で無邪気に笑うなんて反則すぎない？

不意打ちの笑顔にたまにドキッとするなんて、口が裂けても言えない。

気づけばだんだん身体が近付いて距離感おかしいし、無駄に美形だし……。

きっと、ドキドキしているのは私だけ。

それを悟られないように、息をひそめるようにじっとしていた。

合宿に行くために提出する課題の期日が、今日の放課後に迫っている。

勉強が遅れ気味の私は、普段の勉強に加えて課題をこなさないといけないから、本当に余裕がない。

クラスで提出していないのは私だけ。

葵も先に帰ってしまったし、誰もいない教室で居残りをしていた。

合宿に行くか、実はまだ迷っている。

提出しなければこれで解決……だけど努力すればできることを故意にやらないのは自分のポリシーに反する気がする。

結局、自分の中の正義が勝ってしまった。

ああ、私って……真面目だな。

器用に生きれない自分を呪いながら、課題に取り組む。

用紙にレポートをまとめていると、教室に誰かが入ってきた。

「あれっ、寧々ちゃん！　まだ残ってたの？」

明るい声と共に現れたのは、エマちゃんだった。

「課題が終わらなくて……」

「そうなんだ？　出せないと合宿に行けないよね。エマも手伝うよ」

「え……そんな、いいよ」

優しさに甘えたいけど、できれば自分でやり遂げたい。

「遠慮しないで。手伝わせてよ」

屈託なく微笑むエマちゃんを見ていると、学園で一番仲良くしているし自分の置かれている現状をすべて話してしまいたくなる。

そうはいっても葵との本当の関係を話したら、どこかで噂が広がっても困る。

それに、強制解雇されたら……行く当てもない。

一時の感情に流されて話すわけにはいかないか。

「もうすぐ終わるから、大丈夫。ありがとう」

「そっかあ」

私が課題をやっている間、エマちゃんはそばでずっといろんな話をしている。

特に好きなアイドルの話をする時の顔はとてもキラキラしていて女の子らしくてかわいいなと思う。

私は水島家では勉強をしているか、葵の部屋にいることが多くて、ネットやテレビをゆっくり見ることがほとんどない。

エマちゃんと話していると楽しくて、つい課題の手が止まってしまう。

「詳しいね。ところどころ話についていけてなくてごめんね」

「全然だよ。ところで葵くんはもう帰ったの？　いつも一緒に帰ってるよね」

「課題を手伝ってくれる感じでもないし、さっさと帰ったよ」

「そうなんだ。頭いいし、手伝ってくれてもいいのに……」

まあそうなんだけど、葵は私が困ろうが関係ないから。

「べつにいいの。あともう少しで終わると思う」

やっと仕上げることができて、なんとか今日中に提出できそう。

「横で話し掛けて迷惑だったよね？」

上目遣いにかわいく言われて、もし私が男の子だったらドキドキしちゃうはず。

「そんなことないよ。楽しくてあっという間に終わった」

「よかった～。じゃあエマは部活してる友達を待ってるからもう行くね」

小走りに廊下へと向かう姿もかわいらしいし、思わず手を差し伸べたくなるような雰囲気をもっている。

私も片づけをすませて教室を後にし、職員室で提出をすませた。

これで合宿に行くことは確定。

気晴らしだと思えばいいのか……。

廊下を歩いていると、曲がり角から誰かが飛び出してきた。

ぶつかる寸前で避けると、それが宇治山くんだということに気がついた。

勢い余って転げそうになっているけどなんとか踏み留まっている様子。

「大丈夫？」

「危なかった……避けてくれなかったらぶつかってた、ごめんな」

苦笑いをしながら何度も頭を下げている。

「そんなに急いでどうしたの？」

「塾の模試があるのを忘れてて……でももう間に合いそうにないからいいや」

さっきまで急いでいたのに、そんなに簡単にあきらめるの？

「何時から？」

「六時ちょうどの電車……って、本当にもういいんだ」

「私も今から帰るところ、駅まで競走しようよ」

「あ……うん」

乗り気ではなさそうだったけど、走れば間に合うのにもったない。

一緒に走りながら喋っていると、宇治山くんの息が上がってきた。

「もう、無理……」

「そう言わずに！　頑張って」

背中を押しつつ、小走りに移動する。

「もし急いでるなら先に行っていいよ」

「何も用事ないし気にしないで。私は課題の居残りだけど宇治山くんはどうして残ってたの？」

「部活で……放送部なんだ」

「合宿の説明をしてたっけ。綺麗な声してるよね」

そう言ったら、疲れ切っていた宇治山くんの顔がぱあっと明るくなった。

「そんなこと言われたの初めてだな、本当に？」

「聞き取りやすいし、いい感じだったよ」

「ありがとう……嬉しいな」

そのうち駅に着いて、電車の出発まであと数分ある。

「間に合ってよかった」

「俺ひとりじゃ無理だった。一緒に走ってくれてありがとう」

「じゃあまた明日」

宇治山くんとは反対のホームへと向かうと、いつまでも手を振っているから、私も笑顔で振り返した。

本当、いい人そう……。

水島家に戻り、就寝時間まで自室でくつろぐ。

夜にはいつものように葵の部屋のベッドで添い寝……。

ここ最近は、隣で寝転んでいると数時間で眠れているみたい。

しばらくして、葵の寝息が聞こえてきた。

眠った……かな。

そっと起き出して、私は机に向かう。

夜遅くまで葵が勉強していることもあるけど、そうでない日はこうして机を借りて勉強している。

そうしないと、とてもじゃないけど特進クラスの授業には追いつけなくて。

葵も、勉強量でしか俺に勝てないしなとバカにしつつも、パソコンや部屋にある物を使っていても文句を言わないところはせめてもの救い。

ふう……そろそろ寝よう。

詰め込みすぎて、頭がパンク寸前。

ベッドに寝転がると、葵が寝返りを打ったタイミングでこちらを見た。

「ごめん。起こした？」

「べつに……少し前から起きてた」

そっか……。

普段の葵は、夜は少し眠れる様子だけど、登下校や授業中にうたた寝している。

日中も寝るのは、もともと睡眠時間が多目に必要な体質？

なかなか寝つけないのか、まだ眠る気配がない。

今日は私に余裕がないから、早く寝てほしい……。

「そういえば……出会った時はどうなるかと思ったけど、こうして横になってるのが不思議。葵が言ったように他人が隣にいて眠れるなんて思わなかった」

「初日から爆睡してた女が言うセリフか？」

それを言われると辛いけど、今ではこれがふたりの自然な姿。

またしばらく会話がなくて、寝ているか確認するために隣をチラリと見る。

葵はまだ眠れていないみたい。

眠い……。

お腹に置いていた手を投げ出すと、ちょうどそこに葵の手があり触れてしまった。

慌てて手を退けようとしたら、手を握られた。

ちょっと……これはどういうこと？

以前に手を繋いだこともあったけど、最近はこういうことはなくて……何だか妙に緊張してしまう。

隣に寝転がることが日常になっていても、接触するとどうしても心臓が跳ね上がる。

「離して……」

「……眠れない」

だからっていきなり手を繋ぐ？

葵を見ると、涼しい顔でこっちを見ている。

「で、どうする？　合宿」

急に話を振られて頭が混乱する。

手は離さないつもり？

それに合宿に参加しないと言ったことを、少しは気にかけてくれてたのかな。

いや、まさかね。

「なんとか課題の提出もできたし……行くよ」

「へえ」

賛成か反対かもわからない返事。

葵の手の力が抜けたタイミングで、そっと手を自分のお腹へと戻した。

急に手を握られてドキッとした。

顔に出てないといいんだけど……我ながらいちいち反応してる自分が嫌になる。

心を落ち着かせるために軽く深呼吸をした。

「合宿の日はどうする？　別室を準備するか」

「……正気なの？」

そんなことしたらあらぬ噂がたつに決まってる。

「毎日こうしてるし、ひとりだとお前が寂しいだろ」

「私が？　そんなわけないし」

意図せず顔が熱くなる。

からかってる？　本当に意味がわからない。

「もし前みたいにうなされたら他の誰かに頼むか……」

なんだか悩まし気な表情でため息をつく。

「そうだね、保健の先生を呼ぶといいよ」

「冷たいな。今だって、眠れないのに勝手に手を離すし」

気づいてたんだ……。

「最近は寝転ぶだけでうまくいってるし、繋がなくてもよくない？」

「今日はこれで眠れそうだ」

再び手を繋いできた葵がジッと見つめてくるから、一気に鼓動が速くなる。

私……どうしたの？

これは入眠儀式……ほかに意味なんてないし、緊張するだけ損。

なんとか平静を装うために深呼吸をした。

「いっそのこと、抱きしめてみる？」

さすがにこれは無理でしょ……。

「それもいいかもな、やるか」

え……。

躊躇いなく腕を伸ばしてきた葵が、ゆっくりと私を抱き締めた。

ちょっとこれは……。

嫌……っていうか、すごく困る。

どうすればいいのかわからなくて、ガチガチに固まってしまう。

「おやすみ……」

目を瞑っていると、葵が耳元で囁く。

正確にはそういうつもりはないんだろうけど、結果的にそうなっている。

どれだけ破壊力のあるおやすみなの？

こんなの聞いてない……。

わざとやってるようには見えないし、もうドキドキして壊れてしまいそう。

葵は本当に眠れたみたいで、しばらくすると寝息が聞こえてきた。

私はまったく眠れない。

腕の力が緩んだ隙に、その腕から離れた。

だめだ……私がこんな感じでは、添い寝係なんてできるわけがない。

次は、抱きしめられても平静でいよう。

感情をコントロールすることなんてできないけど、やるしかない。

葵は……全然普通だった。

どうしてかわからないけど、少し胸が痛くなる。

ううん、そんなこと気にしても仕方がない。

これでいいんだ……葵さえ眠れれば、それでいい。

気持ちが落ち着いたところで再びベッドに戻り、深い眠りについた……。


翌朝目覚めると、葵と手を繋いでいた。

まさか……私から繋いだ？

慌てて手を離そうとすると、握った手に力が籠められる。

「俺はまだ離していいって言ってない」

嘘……起きてたの？

さっきまで目を閉じていたはずの葵が、こっちを見ている。

「もう、朝だから……」

「まだ眠い……」

本当に眠たそうで、瞼が落ちかけている姿がなんだかかわいい。

起きた途端に別人だから、覚悟しておかないと痛い目をみるけどね……。

しばらくして、葵が本格的に目を覚ました。

さっきは寝ぼけていたのか、自分からサッと手を離した。

「起きるか……今回はよく眠れた気がする」

それならよかった……。

先にベッドに座り、葵を起こすために両腕を思いっきり引っ張る。

葵が目の前に迫ってきたら、突然、昨日抱きしめられたことを思い出した。

何を思ったか腕を離してしまい、バランスを崩してベッドから転げ落ちそうになったところを、危機一髪……葵に腕をつかまれ助けられた。

「危ないな……わざとやってるのか？」

「そんなわけないから、驚いただけ」

「何にだよ」

それは……。

葵を見ているだけで、心拍数が上がる。

もうわけがわからない……私、どうしたの？

ベッドに座りなおしてお互い顔を見合わせる。

「葵、髪が乱れてる」

「お前こそ」

寝起きで髪がぴょこんと跳ねている葵を見ていたら、少し和んで笑いが漏れた。

クスクスと笑っていると、不意に葵の手が伸びてきてゆっくりと髪を撫でられる。

「ちょっ……やめて」

距離の近さにドキッとしてしまう。

整えてくれてるだけなのに、過剰に反応している自分に驚く。

緊張して顔まで熱くなってきたところで、葵が私の膝に転がった。

「なんだよ……今日は日曜だった。もう少し寝るか」

突然の行動に驚いたけど、そのまま寝息をたて始めた。

眠っている時の葵は本当に穏やかだし、しばらくこのままでもいいか。

さっき私にしてくれたみたいにそっと髪を撫でると……本当に気のせいなんだけど……葵が、少し笑ったような気がした。

第二章　嵐の夏合宿

所詮私はただの添い寝係

月日は過ぎ、夏合宿の日がやってきた。

飛行機を乗り継いで到着したのは、沖縄の離島で滞在期間は二泊三日。

真夏本番ということもあり、太陽はギラギラと照りつけ肌は焼けるように痛い。

初日は船底がガラス張りになっているグラスボートに乗り、中から海底の珊瑚(さんご)や魚を見て楽しんだり、シュノーケリングやホエールウォッチングをした。

その後はホテルチェックインをすませ、豪華リゾートホテルに滞在。

葵も私も友達と快適に過ごしていて、お互い話す機会もなかった。

初日はぐっすり眠って旅の疲れをとることができて、無事二日目に突入。

朝一でホテルの朝食をすませた後、滞在中の島を拠点に小型船でまた更なる島巡りへ。

海が綺麗なのはもちろん、見るものすべてが色鮮やかに見えて綺麗な景色に癒される。

沖縄料理も美味しく、優しい雰囲気の方言を話す島の人たちもとても優しくて、いつまでもここにいたいと思ってしまうほど。

それなのに、至福のひとときに暗雲が立ち込める。

予報ではまだ大丈夫だと言っていたのに、台風の影響で夜中から海が大荒れになるという。

帰宅する明日のフライトも欠航になる可能性が高いらしい。

観光を終えてホテルに戻り、豪華ディナーまでの自由時間を同じ班の女子三人と一階のカフェテラスで過ごしていた。

班のメンバー一人目は、普段はどのグループにも属していないサラサラロングヘアの大人っぽいクール女子、羽鳥(はとり)千咲(ちさき)ちゃん。

班を作る時にひとりでいたから、一緒になることにした。

そしてポニーテールの似合う元気な性格の大島(おおしま)このみちゃん。

このみちゃんは葵のことを目の保養として推しているらしく、葵と登下校している私をなぜか尊敬してくれている。

ちぐはぐなメンバーだけど、私は結構このふたりが好き。

仲良くなって日が浅いこともあり、親睦を深めるためにカフェに誘った。

主に私とこのみちゃんが会話して、千咲ちゃんはそれを静かに聞いている。

たまに会話の節々でクスッと笑うのを見ると、つまらないわけでもないみたい。

すると突然、大きな笑い声が店内に響いた。

このみちゃんがすぐに立ち上がってカフェの奥を覗き、再び戻ってきた。

「窓際の席に葵くんがいる！」

葵を見ただけでこのテンション、人気者ってすごい。

私のいる場所からは死角になっていてちょうど見えないものの、声はよく聞こえてくる。

さっきまでは気にしていなかったけど、葵がそこにいるとわかると会話がよく聞き取れるようになった。

「明日の飛行機飛ぶと思うか？　台風でしばらく帰れなくなったりして」

「まあ、しばらくここに滞在するのも悪くないな」

最初に喋ったのは誰かわからないけど、今喋ったのは葵だね。

向かうところ敵なしの葵は天候に対しても同じで、まったく動じていない。

しかも逆に楽しんでいるから驚く。

「ねえ、本当のところふたりは付き合ってるの？」

このみちゃんが興味津々に聞いてきた。

「え、まったく……。私のタイプじゃないし」

「へえ……」

このみちゃんはまだ何か言いたげにしている。

「どうかした？」

「実は、昨日の夜見たんだよね……葵くんが……」

言いにくそうにされると余計に気になる。

「いいよ、言って？」

「男子部屋の前で、エマちゃんと……」

「え？」

その名前に、ハッとする。

本当のところ私も少し気になっていた。

この合宿中、葵の近くにエマちゃんの姿をよく見かけることを。

偶然だと思っていたけど、何かあった？

「付き合ってないなら言ってもいいか。エマちゃんが葵くんに告白してた。葵くんも嬉しそうで……それで……」

「え？」

耳を疑った。

エマちゃんって、葵のことが好きだったんだ？

今までそんな素振りもなかったし、聞き間違いかと思ってしまう。

「葵くん、その後エマちゃんを部屋に連れて入ったの……」

「へ、へえ……」

葵の私生活に口を挟むつもりはないし、私には関係のないこと。

かわいいエマちゃんに告白されたらきっと嬉しいよね。

なんだかよくわからないけど、どうしてこんなに動転してるの？

女性として見られてないのも知ってるし、お互い恋愛感情なんてないとわかっているのになんだか複雑。

意味なく落ち込んでいる自分に驚くと共に、表情に出てしまっていないかハッとした。

ちょうどこのみちゃんと千咲ちゃんがその件で会話していて、私のほうは見ていなかった。

「葵くんがエマちゃんと付き合うなら、私が先に告白すればよかった〜」

「え、そのテンションじゃまず無理でしょ。それにエマちゃんの親って芸能プロダクションの社長らしくて、アイドル関連の話が多いよね。ふたりでどんな会話を交わすのか想像もつかない」

「千咲ちゃん鋭い！　確かにそれはそうだわ」

ふたりの会話を聞きながら、なんだかぼんやりとしてしまう。

所詮私って、ただの添い寝係……。

エマちゃんのことを羨むとかそういうことではないけど、そういう対象には絶対にならない。

私って何なんだろう……。

エマちゃんを部屋に連れて入ったんだ……一緒にいる時間が長い私には笑顔なんてほとんど見せないのに、あの葵が嬉しそうにしていたって本当？

部屋にふたりっきりで何を……いや、ほかの人がいたかもしれないか……。

次から次へといろいろなことが頭に浮かんで、頭がパンクしそうになっていると肩を軽く叩かれた。

見上げると、そばに宇治山くんが立っていた。

いつの間に……。

「ちょっと時間ある？　話したいと思って」

「私と？」

目を白黒させていると、このみちゃんが冷やかしてくる。

「宇治山くん、最近よく寧々ちゃんのこと目で追ってない？　怪し～」

「ハハッ。そう見えるなら……そう思ってもらってもいいけど……」

照れながら言っている宇治山くんを見て、首を捻ってしまう。

お互いそんなに知らないし、たまに話す程度。

偶然一緒に帰ったこともあるけど全速力だったし、会話らしい会話もしていないはず。

このみちゃんの冗談にノリで答えてるだけ？

「ちょっと今は友達と喋ってるから、ごめん」

「いや、俺も突然だしな。たいした話じゃないから……うん、また」

声を掛けてくれたのに申し訳ないけど仕方がない。

すぐに宇治山くんはカフェを出ていった。

「仲いいんだ？」

このみちゃんが不思議そうに聞いてくる。

「そこまでは……だけど親切な人だよね」

「私は話しかけられたことないけどな。好意もたれてるんじゃない？　寧々ちゃんかわいいから」

「いやいや、どこが？」

「まあ宇治山くんとくっつくなら、葵くんと……あっ、エマちゃんもいるし四角関係？」

このみちゃんが勝手にストーリーを作り上げ、それを聞いた千咲ちゃんも笑っている。

ああ、また葵とエマちゃんのことを思い出してしまった。

もうこれ以上考えるのはやめよう……。

添い寝係として心に寄り添いたいとは思っていたけど、こんなふうに思うなんて葵との距離が少し近すぎるのかもしれない。

毎晩一緒に過ごしているし、親近感がわくのは当然のこと。

この心のどこかに生まれた感情が何なのか、それさえもまだハッキリとわからずにいる……。

もう戻れない

夕方になり、雨がだんだんひどくなってきていた。

部屋の窓ガラスに雨粒が激しく当たる音が聞こえる。

まだ外は明るいけどあと数時間で夕食が始まることもあり、大浴場に入って部屋に戻ってきたところでこのみちゃんの具合が悪くなった。

千咲ちゃんは先に夕食会場へと向かい、しばらく私が部屋で様子をみることにした。

何度か声を掛けるけど、よほど気分が悪いのか布団をかぶってしまった。

その時このみちゃんのスマホが鳴り始めた。

ベッドの中で誰かと話している。

「わかってる……頭痛が酷くて……ちょっと無理。ええっ？　そんなこと言われても！」

次第に口調が強くなり、そばにいる私にも会話がところどころ聞こえる。

部屋の外に出たほうがよさそうに思いドアを開けると、意外な人が駆け寄ってきた。

それはエマちゃんで、ハアハアと息をきらしている。

もうそろそろ夕食が始まるし何の用事だろ。

「このみちゃんの体調が悪いって千咲ちゃんに聞いて、心配で……」

そうだったんだ……。

わざわざ部屋まで様子を見に来るなんて、エマちゃんの優しさには頭が下がる。

「中に入るね」

返事をする前にベッドサイドまで行ってしまった。

よほど心配してるみたい。

「このみちゃん、頭痛って聞いたけど大丈夫？　辛そうだね」

エマちゃんが声を掛けても、このみちゃんの顔は浮かない。

「片頭痛だから……しばらく横になってれば治るはず……」

「そっか、いつもそうだっけ。じゃあエマはもう行くね……あれっ……」

部屋を出ようとしたエマちゃんが、ポケットを探りながら焦っている。

「どうしたの？」

「スマホがないっ……ずっとポケットに入れてたのに……」

「一緒に探すよ。心当たりはある？」

そう言うとハッと目を見開いている。

「観光の時、靴紐を結びなおして……その時、定期船の座席に置いた気がする」

定期船は、一定区間の島と島を往復している船。

そこで忘れたってこと？

船着き場は近いし探しに行けないこともないけど、先生に声をかけてからのほうがよさそう。

「船の中かな……一度先生に忘れ物がないか聞いてみようか」

「それはだめ！　内緒だけど……エマのスマホ、パパの会社に所属してるタレントの連絡先がいっぱい入ってるの。落としたことを家に報告されたらパパに怒られる」

そういえば、エマちゃんの親は芸能プロダクションの代表だって千咲ちゃんが話してた。

小刻みに肩を震わせていて、見ているこっちのほうが辛くなるほど。

本当に困ってるし、できることなら力になりたい。

「お願い……寧々ちゃんが探しに行ってくれない？」

今度は突然かわいく、上目遣いでお願いされてしまう。

本当にかわいい……こんなふうにおねだりされたら、聞かない男子はいないのかもと思ってしまう。

「うん……いいよ。どの辺りに座ってた？」

「一番うしろ」

「わかった、今から行ってくる」

急いでホテルを出ると外は雨風が吹き荒れていて、傘を持ってくればよかったと思う。

水浸しになりながら、定期船の乗り場へと急ぐ。

ちょうど船が港に停まっていたから、忘れ物を取りに来たことをスタッフへ伝えて船の中へ入れてもらった。

一番うしろの席へ向かい、出航を待っているお客さんに席を譲ってもらいつつ、座席の上を念入りに探すものの、スマホは見当たらない。

下にも落ちていないし、船の中にはない？

船室から出ようとしたら、このみちゃんが入ってきた。

「もう大丈夫なの？　どうしてここに……」

「もう治った……それより、エマちゃんのスマホは見つかった？　一緒に探すね」

そう言いつつも、顔がまだ青白いように見える。

「まだ見つかってな……」

ガタン！

急に船体が揺れ、船が出航していることに気がついた。

しまった……このままだとホテルに戻れなくなる。

慌てて外に出ようとすると、このみちゃんに止められた。

「まだ見つけてないのに、どこに行くの？」

「そうだけど、今からでも船を止めてもらわないと……ちょっ、離して」

服をつかまれて、動くことができない。

そうしているうちに、船はどんどん海の中を突き進んでいく。

立ち尽くしていると、船員さんが声をかけてきた。

「かなり揺れるから、席に座っていてください」

「私たち、忘れ物を取りに来ただけで乗るつもりはなくて……」

「いや〜、波が高くなってきてるからもう戻れないよ」

嘘……大変なことになってしまった……。

「戻れないってどうすれば……」

「申し訳ないけど、到着先の港で相談してくれるかな」

途方にくれていると、このみちゃんがいないことに気がついた。

どこに行ったのかとふと足元を見ると、床に座って席にしなだれかかっている。

「このみちゃん⁉　しっかりして」

「少しの間、こうしてれば平気……」

顔色はさっき見た時より青く、かなり体調が悪そう。

背中をさすっても気休めにしか思えず困り果ててしまう。

船員さんに相談しようと立ち上がると、服を引っ張られた。

「行かないで……」

不安そうに顔を歪めるのを見ていると、気になってそばを離れられなくなってしまった。

ホテルでも辛そうだったけど、悪化しているようにしか見えない。

ふと、葵の顔が浮かぶ。

私がいないって知ったら余計な心配をかけるかも……。

連絡を入れようと思ったものの、海の上では電波が通じなくてしばらくこのまま港に到着するのを待つしかなさそう。

こんな時、強気な態度の葵を思い浮かべるだけで何でも突破できそうな気がして安心するなんて……どうかしてる。

連絡したところで、勝手なことをしてと怒られるかもしれない。

それなのに、葵の顔ばかり浮かぶなんて、私も相当弱ってる……。

落ち着いたら、来る時に雨で髪や服が濡れていたことを思い出した。

船内はクーラーで冷えていて、身体がどんどん冷えていくのがわかる。

ブルっとなって寒さによる震えと、不安な気持ちを抑えるように自分で自分を抱きしめた。

到着した港で驚愕した。

悪天候によりさっき私が乗っていた便で打ち切りになり、この後に船が出る予定はないという。

港付近は人で溢れ、ごった返していた。

このみちゃんは何とか持ち直し一緒にここまで歩いてきたものの、私の隣で黙ったまま浮かない顔をしている。

ホテルに戻る方法を誰かに相談しようにも、問い合わせが殺到しているようで乗船所のスタッフに話しかけられる雰囲気でもなかった。

タクシー乗り場も長蛇の列で、移動できなくなった周りの観光客は、今夜に泊まるホテルや民宿を必死で探している。

とりあえず宿泊ホテルに連絡を入れて先生に取り次いでもらおうとしたけど、通信状況が悪く、スマホもなかなか繋がらないような状況。

これはまずい……。

勝手な行動をして、葵に怒られるのは目に見えている。

しかも合宿中で、大勢の人に必要以上に迷惑がかかってしまうことも想定できる。

今夜はホテルに戻れないだろうし、明日戻れても何かと大変そう……。

居場所もなく乗船所のすみっこで立ちすくんでいると、このみちゃんのスマホから呼び出し音が鳴った。

誰から？　とりあえず電波は繋がるってことがわかって安心した。

このみちゃんはポケットからスマホを出したものの、手が震えていてそのまま床に落としてしまった。

急いで拾って渡そうとしてこのみちゃんを見ると、疲れきったのか目を閉じて深呼吸をしている。

顔色もよくないし、これは……また具合が悪くなってきた？

電話どころじゃなくて背中をさすっていると、いつまでも呼び出し音が鳴り続ける。

ふと画面を見るとそれがエマちゃんからだとわかった。

スマホ……見つかったの？

なんだか一気に気が抜け、とりあえず通話を開始した。

心配してかけてきた？

いいタイミングでかかってきたし、状況を話してそれを先生に伝えてもらおう。

「エマちゃん……」

「あれっ、その声は寧々ちゃん？　ふふっ！　今から人気シェフの豪華ディナーだよ。すっごく楽しみ」

うしろで女子のキャッキャッとはしゃぐ声が聞こえる。

そっか……私たちがホテルに戻れないことは知らないか。

「実はスマホを探してるうちに船が出航してしまって……」

「そうなの？　災難～」

あまりにあっさりした返事で、拍子抜けしそうになる。

「このみちゃんの体調が悪くて、代わりに私が電話に出たんだけど……」

今の状況を簡単に説明して、明日船が出れば朝一でホテルに戻ると説明した。

「わかった、エマに任せて？　もちろん葵くんにも話しておくね」

エマちゃんの口から葵の名前が出てきて、告白の話が頭をよぎる。

葵と付き合うことになった、とか。

こんな悲惨な状況の中、気にしても仕方がないのにふと考えてしまう。

もう、本当にどうでもいい……。

「ありがとう」

「ちゃんと話しておくから、寧々ちゃんは何もしなくていいよ。今そこでできることを頑張って。このみちゃんのこと、お願いね」

電話をかけてきてくれたのがエマちゃんでよかった。

「本当にありがとう……」

こういう辛い時って、人の優しさがいつも以上に染みる。

「ちょっと聞いておきたいんだけど」

「……え？」

改まってどうしたんだろう。

「葵くんとはどういう関係なの？」

それはこっちが聞きたい……と思いつつ、どうしてそんなことを今聞くのか疑問に思う。

そっか、好きだから気になるってことか。もしふたりが付き合うことになってるなら、登下校を一緒にしている私の存在はきっと邪魔なはず。

「ただの知り合いだから心配しないで。エマちゃん、葵のことが好きだったんだ？

それなら言ってくれれば……」

「………」

しまった……告白のシーンを見たのはこのみちゃんであって、エマちゃんから直接聞いたわけではなかった。

しばらくすると、電話の向こうですすり泣く声が聞こえてきた。

「ごめん……人から聞いて、つい……」

慌てて取り繕おうとすると、次第にエマちゃんの声が大きくなった。

「……ははっ、あははっ」

え……泣いてたわけじゃなく、笑ってた？

「エマちゃん？」

「葵くんが寧々ちゃんに話したの？　本当にどういう関係なのよ」

「違うの、そうじゃなくて……」

「寧々ちゃんが来てから、葵くんが不真面目になったの。授業中はいつも寝てるし、勉強に身が入ってない。以前はそんなことなかったのに」

それは私が葵の邪魔をしてるってこと？

「成績も落ちてるし、全部寧々ちゃんのせいって先生から聞いたよ？　あっ、責めてるわけじゃないの」

最近少しは夜も眠れているはずだし、学年トップは相変わらずで葵の勉強も順調だと思っていたけど違うってこと？

渋谷くんの課題を手伝うほど余裕もあるし、ちょっと信じ難い。

夜に眠っていても授業中は爆睡で、やる気がないのはいつものこと。

「登下校も一緒だし、どういう関係なのかなって」

正直に言うか迷うけど、きっと引かれるし言わないほうがいいはず。

「遠い親戚っていうか……」

そしたら少し間があった後、エマちゃんの声がワントーン下がった。

「マジでイラつく」

え……。

一瞬、頭が真っ白になった。

今までのかわいいイメージが、ガラガラと崩れ落ちていく。

「エマ……ちゃん？」

「そんなことで誤魔化されないから。葵くんと付き合ってるんだよね。そうじゃなきゃエマが振られる理由が見つからない」

昨日エマちゃんが振られたことを知ると同時に、何かものすごい勘違いをされているのだと気づいた。

「本当に違うってば。付き合ってなんかない……」

「葵くんの家系を調べたら、男系ばかりで女の従妹なんていているはずないの。何者なのよ！」

ビシッと言い放たれ、その豹変（ひょうへん）ぶりにゾッとした。

「調べたってどういうこと？」

「そんなの、ふたりが怪しいからに決まってるでしょ。いつも思ってたけど、葵くんは素っ気ないフリして寧々ちゃんを目で追ってることが多いし、寧々ちゃんだってそうだよね」

健康に気を配る目的で葵の様子を見ていることはあったかもしれないけど、葵だってそんなはずない。もしそうだとしても鬱陶しそうに見ていたはず。

エマちゃんが思うような関係でないのは明らか。

「全然そんなことないし、勘違いだから」

「今日は迂闊（うかつ）だったね。まさか戻れなくなるなんて」

なんだか声が弾んでいて、首を傾げてしまう。

「どうしてそんなに楽しそうなの？　元はと言えば、エマちゃんのスマホを探す為に……」

「目障りだからに決まってるでしょ」

「……え？」

「葵くんのことをずっと好きだったのに、突然現れて横取りするって酷いよね。寧々ちゃんはエマに償うべきだと思うの」

何を言ってるの？

「だから違うって言ってるのに。横取りなんてそんな……」

「しばらくそこで反省してね。ついでに言うと、このみちゃんは寧々ちゃんが船に留まるように自分から行ったんだよ？　自業自得でしょ」

「まさか……」

「最初からそういう計画。寧々ちゃんがホテルに戻れないようにしようって、このみちゃんが言いだしたの。エマのせいじゃないから」

そんなの嘘だよね？

「このみちゃんが計画したって、そんな……」

「そうそう、葵くんにエマのスマホを探しに行ったことは絶対に言わないで。もし話したら……どんな手を使ってでも学園にいられなくしてやる」

そう言って、電話を切ってしまった。

そんな……優しかったエマちゃんが……。

学園に来て初めてできた友達で、楽しい思い出がフィードバックしてくるけどそれがすべて幻に思えて仕方がない。

葵とのことを誤解してるとしてもさっきの言い方は酷い。

脅しめいたことも言ってた……頭が混乱して今は何も考えられない。

とりあえず今日はここで過ごして、また落ち着いてから考えよう。

「うっ……」

隣にいるこのみちゃんの様子が急変した。

呼吸が荒くなり、今にも倒れそう。

「大丈夫？　私にもたれて」

「寧々ちゃん……どうして優しくするの？　エマちゃんから全部聞いたんだよね」

「べつにいいよ。このみちゃんがいい人なのは知ってる。もうそれだけで十分じゃない？」

このみちゃんは辛そうに俯く。

「そんな感じだから、エマちゃんにナメられるんだよ……バカだね……」

「そうかもね……」

あの笑顔に騙されていた。

そうはいってもスマホを探すために船に乗ったのは自分の判断だし、出航する可能性があることを考えもしなかったのは自分の落ち度。

しばらくすると、このみちゃんの状態が少し回復傾向に見えた。

「エマちゃんは……なんて言ってた？」

「このみちゃんが計画したって……だけどもういいから」

「ええっ！　違うよ、全部エマちゃんが言いだしたことなのに。スマホを忘れたことにして探しに行かせるから、船から降りないように引き留めろって言われたの」

この出来事さえ全部このみちゃんに押しつけて、自分は高みの見物なんだ……エマちゃんってかなり得体の知れない人物かも。

「やらなかったら学校に通えないようにするって脅されてたの……」

「私も……さっき同じようなことを言われた。それで断りきれなかったんだ？」

「怒らせたら、すごく怖くて……見た目は全然そう見えないよね。過去にもエマちゃんともめたあと、学校に突然来なくなった人を何人か知ってる。多分そうなのかなって」

一体どんな権限があってそんなことをするの？

もしそれだけの権力があるとしても、それに屈するのは嫌だしできるならこのみちゃんのことも守りたい。

「もし学校に戻ってからエマちゃんが何か行動を起こしてきたらすぐに言って。私にできることなら力になるから」

「ありがとう……ひどいことして本当にごめん……」

「ううん、私のことはもういいよ」

その時、乗船所の入口で誰かが大きな声を張り上げていることに気がついた。

「緊急事態のため、近くにある中学校の体育館を開放しました。可能な限り順番に送迎する予定です。あと一名乗車できますが、どなたかいらっしゃいますか？」

外に大型バスが停まっていて、私は慌てて手を上げた。

「乗ります！　このみちゃん先に行って」

「だけど寧々ちゃんが……」

「具合が悪いんだから、こういう時は無理しないで」

バスに押し込むようにして、このみちゃんを乗せた。

「寧々ちゃん……ありがとう……」

別れ際に、このみちゃんの頬に一筋の涙が流れていた。

きっとあの涙は嘘じゃないと思う……。

もし本当にエマちゃんがこのみちゃんを私のところへ送ったとしたら、あんなに体調が悪いのを知っていて行かせるなんて、本当に信じられない。

スマホを船に忘れたというのもすべて演技で、私を陥れるためだったんだ……。

エマちゃんがそんな人だと知って傷つくと同時に、自分にも落ち度があったのだと思わずにいられない。

葵とはエマちゃんが疑うような仲ではないし、ハッキリさせておくべきだった。

勘違いされたのは、気づかないところでそういうふうに見えていたのかも。

本当にもう……疲れた……。

【葵 side】

夕食会場について辺りを見回す。

生徒のほぼ半数が席についていて、寧々の班を見ると、二人のうちのひとりだけが席についている。

意外にもまだ来てないんだな……。

沖縄に来る前も、豪華ディナーのところは妙に反応して楽しみにしてる様子だったし、旅行より食に重きを置く辺りがあいつらしい。

自分の席についてスタートを待つ。

渋谷が何か喋ってるけど面倒くさくて適当にあしらっていた。

こういう待ち時間は苦手だ……無性に眠たくなる。

ウトウトしかけていると、寧々が俺に話しかけてくる。

「また授業中に眠ってる。寝るならベッドで寝て」

いや、これは夢か……。

出会った頃は、添い寝係なんてふざけた話だと思っていたけど、真面目に取り組む寧々を見ていると、俺の警戒心も少しずつ緩んでいった。

俺が寝ないとプレッシャーを感じているのかあいつも寝ないから、寝たフリをしていることもある。

まあ、あいつの寝息を聞いていると、いつの間にか眠っていることもあるけど夜中に何度か目が覚めるし、不眠症の改善まではまだかかりそうだ。

そして起きた時に、あいつが机で勉強している姿もよく見かける。

特進科について行くのは無理だと言いつつ、予想を超えた努力をしている。

たまに抱きしめると顔を真っ赤にしながら耐えてる姿がなんともいえない。

男に免疫なさそうだし、俺だから特別に緊張しているわけでもないはず。

それなのに、治療のためだと必死だしな……俺のためにそこまでする意味が分からない。

俺が素っ気ない素振りを見せても食らいついて、いつの間にか俺の生活に馴染んでいる。

感情がすぐ顔に出て、面白いやつだというか何と言うか……。

しっかり者に見えて疑うことを知らないし、言ってみれば騙されやすいやつだよな。

学園のやつらは表面上だけ仲良くて、常に相手を値踏みしているやつもいる。

もちろんそうでない人間もいるけど……。

中でも最大に厄介なのは、中川エマだ。

この学園に入学した時から俺にまとわりついて、勝手にファンクラブを作り、身の回りの世話をやいて彼女面をする。

俺に近づく女がいれば嫌がらせをして、軽く会話を交わしただけの相手が次の日から学園に来なくなる。

調べたらあの女が裏で手を回していたことが発覚した。

元はといえば、俺の女嫌いはあの女がきっかけで広まったのか。

寧々が現れてから話しているのを何度か見かけるものの、とくに害はないみたいだから放っている。

そういえば昨日……中川エマが俺に告白してきたっけ。

ほかのやつらに見られて変に誤解されても面倒だし部屋の中で断った。

勘違い女だって言った途端、顔を真っ赤にして泣きだして、泣いているのかと思えば矢継ぎ早に寧々との関係性を聞いてくる。

俺と寧々が怪しいって……何を見てそう思う？

学園ではそれほど一緒にいることもないし、添い寝係であることはもちろん同居してることすら誰にも話していない。

それにお互い、特別な感情なんてもってないからな……。

隙間時間に眠れるはずが、全然寝れないな……。

目を開けると会場内にはほぼ全員揃っていて、司会が挨拶を始めていた。

まだ寧々の姿がない。

あの食い意地が張った女が現れないって妙だな……。

そのうち生徒たちは立って料理を取りに行く。

人が入り乱れる中、会場を出てフロアのすみで寧々に電話をかけた。

繋がらない……電源が入ってないってどういうことだ？

寧々のことだから、うっかり充電が切れたとかはないはず。

もちろん寧々からは何の連絡もない。

疑問に思っていると、正面から中川エマが走ってきた。

合宿中、俺の周りをうろついている。

昨日も何度目かの告白を断ったのに……本当にあきらめの悪い女。

前まで来て止まると、涙目で見上げてくる。

「寧々ちゃんがいないから心配してるんだよね。黙っているように言われたけど、旅行中の大学生と遊ぶって言ってた」

「どういうことだ」

「私も誘われたけど断ったよ。昨日葵くんに振られたことを話したら、その大学生を紹介するって言うの。寧々ちゃんってそういう子だったんだね」

誰か別のやつのことを話してる？

そう思ってしまうほど、寧々のことを言っているとは思えない。

あいつのことをそんなに知らない俺でも、真面目だしそういうこと……しかも合宿中にするわけないことは、さすがにわかる。

こいつが嘘をついているのは明らかだ。

「他校の男子と夜に遊び回ってるのも見たことがある。あの子に騙されてるんだよ。そんな葵くんをエマはもう見ていられないの」

夜は毎日俺と一緒に寝ていることを知りもせず、よくもそんなことが言えるな。

「へえ。とりあえず今すぐホテル中の監視カメラを確認して、お前のスマホの通話記録とメッセージの内容開示をそれなりの機関に依頼する。話はそれからだ」

「えっ……そ、それは……」

「あいつと俺は何の関係もないって言ってるだろ。それを差し引いても、お前とどうこうなるつもりはない」

そう言うと、中川エマの顔が歪んだ。

「そんな……」

「べつにあいつがどうなろうが何のダメージもないとはいえ、こうして面倒をかけられてるのは事実だからな。もしお前の言ったことが嘘ならそれなりの報復を与えるから覚悟しろよ」

「エマは何も悪いことしてない……信じて？　葵くんなら分かってくれるよね？」

嘘っぽい笑顔に、甘ったるい話し方。

天然に見せかけてすべての行動が計算ずく。

俺のことをそんなに知っているわけもないのに、理解しているフリをする。

苦手な要素をすべて持ち合わせていて寒気がする。

「今なら許してやる……何をしたか吐け」

怒りに任せて壁を思いっきり蹴ると、ものすごい形相で俺を睨みつけてきた。

「知らない！」

必死で俺の手を振り払い去っていくそのうしろ姿を見送りながら、渋谷に電話を入れた。

「寧々がいない。中川エマを問い詰めたけど、たいした情報が得られなくて」

「おっけ～！　調べるから待ってろよ」

実は今いるホテルは渋谷の親が経営していて、周辺の飲食店もすべてSIリゾートの傘下にある。

次期後継者ということもあり挨拶回りもすませていて、観光社にも顔がきく。

宿泊先がここだったことは不幸中の幸いだな。

それにしても一体どこに行った？

外は嵐、スマホが繋がらないことを考えると……手元にないか圏外にいる……。

まさか、な？

慌てて外に出ようとするものの、ひどい雨風で身動きが取れない。

海に放り出されている姿を想像するが、さすがの中川エマもそこまではしないか。

こんなことなら、面倒だけどマメに連絡を取っておくんだった。

合宿に着いてほとんど会話もしてないし、あいつの行きそうな場所がわからない。

その時、渋谷から連絡が入った。

「見つかったぞ！」

「そうか……で、どこにいる？」

心臓が今にも飛び出しそうだ……普段取り乱すことのないこの俺が、落ち着きを取り戻せないでいる。

「それが、違う島の乗船所にいるらしい。高校生ぐらいの女の子がいて、多分それが寧々ちゃんだと思う。とりあえずコンタクトをとって……」

理由がどうあれ、知人から預かってる女だからな……とにかくあいつを連れて帰るしかない。

「寧々のところへ今日中に行きたい。なんとかなるか？」

「マジか。海が荒れて船が欠航になってるし無理だな……」

それはわかるが、もし何かあってあいつの親に責任を負わされることになっても面倒だからな。

「不可能を可能にするのが、ＳＩリゾートの次期社長だろ？　頼む」

「いや、そう言われてもこればっかりは……」

「なら俺が直接交渉する。事務所の連絡先を教えてくれ」

「断られるのは目に見えてるぞ？　スタッフの安全が第一だからな」

「承知の上だ」

寧々の為でも誰のためでもなく……俺が今すぐ行動したいだけのこと。

運命を時間に任せるのは性に合わないし、できることをやるしかない。

このまま離れたくない

電話は繋がらないし、乗船所にいる観光客はパニックになっている。

周りの人の会話によると、悪天候により体育館へのバスはストップしてしまったらしい。

そのうちここも閉めるようなことを言っていて、土地勘もない私はこれからどうするか状況を見極めて判断していかないと……。

ずっと気が張っているのといろいろな疲労が重なり、少しフラつく。

不安な気持ちに押し潰されそうになるものの、頼れるのは自分だけ。

しっかりしないと……。

「エスアイツアーをご利用のお客さまは優先的に空港まで送迎しますので、こちらで待機をお願いします」

旅行社の人なのか、ネームプレートをつけた男の人が大きな声を張り上げている。

ひとりでいたからか声をかけてもらえて、非常時のためツアーとは関係がなくても乗せてくれるという。

善意にあやかり空港まで送ってもらうことにした。

空港に到着するまでそんなに時間はかからなかったはずなのに、いつの間にか眠っていた。

人の動く気配で目を覚まし、空港へ降り立つ。

そんなに広くはないけど、雨風はしのげるし設備も整っていて助かる。

スマホを見ると、電波が繋がるようになっていた。

よかった、これで連絡できる……。

まず一番に浮かんだのは葵の顔。

早く声が聞きたい……そう思ってしまう。だけどそれは私の身勝手なのか。

連絡すれば、きっと怒られる。

そうはいっても状況を早く知らせないといけないし……。

迷っていると、ものすごいタイミングで電話がかかってきた。

ああっ……葵だ……。

嬉しさと恐怖が入り混じって、もう何も考えられなくなる。

出ないわけにもいかなくて通話を開始した。

怒鳴られる？

「やっと繋がったな……」

落ち着き払った声が、冷静すぎて逆に怖い。

「心配かけてごめんなさい……」

「それはいい……無事か？」

「うん」

「そうか、それならいい。疲れてるだろうから、無理するなよ」

どうして私が疲れているってわかるの？

口調は淡々としているし、形式的に言っただけかもしれない。

「ありがとう。驚かないで聞いてね……実は今、ほかの島にいるの。忘れ物を取りに船に乗ったら……戻れなくなって……」

「お前らしいな」

驚くか嫌味を言われるかと思ったら、そうではなかった。

相変わらず落ち着いた口調で、不安だった心が少しずつ落ち着いていくのがわかる。

「さっきまで乗船所にいて、今は空港にいる。だから心配しないで」

「わかった」

少し間があった後、深くため息をつかれた。

きっと、かなり面倒くさいと思われてる。

「海が荒れてるしもうホテルまで戻れないな。夜は俺が一緒じゃないと不安だろ？　このままずっと電話しててやろうか」

からかうように言われたし、怒ってるわけでもない？

「話してると安心するのは確かだけど、明日の移動手段とか、船の予約とか、いろいろわからないことが多いし誰かに聞くつもり。それに先生や千咲ちゃんにも連絡したいし……」

「俺から話しておく。今は素直に頼めよ」

「う……ん」

人にものを頼むのが結構苦手、しかも相手は葵だし。

「何でも自分ひとりでやろうとするな、こういう時はいいから」

そう言われることで、今の自分がものすごく不安な気持ちでいっぱいだということを再認識した。

「例えば、今すぐ俺に迎えに来てほしいなら、そう言ってみろ」

いや、そんな無茶なこと言って……。

本当にそうなら嬉しいけどこの天候ではまず無理なはずだし、それ以前に葵が来るわけない。

「可能か不可能かで聞いてるわけじゃない。そう思うなら言えよ」

こんなの甘えてるみたいでいつもの私なら言えない。

だけど今は……葵に会いたい。

「すぐ……迎えに来て？　会って、顔を見て話したい……」

言いながら震えてしまう。

こんなに不安だったのだと改めて気づく。

できないことを口にして、余計に辛くなってしまった……。

「う……ん」

「やっと言ったな」

頭を軽く小突かれて、慌てて顔を上げる。

え……どういうこと⁉

目の前にいるのは、間違いなく葵。

しかも今まで見たことがないほどの呆れ顔。

「どうしてここにいるの？　船はもう動いてないはずなのに」

「俺が本気になればどうにでもなる。もう安心していい」

頭に手を置かれて……ずっと張り詰めていた気持ちが一気に緩んだ。

葵の身体に腕を回し、思いっきり抱きつく。

普段ならどういう状況でもこんなことしないけど、今はもう何も考えずにその温かい胸に顔を預ける。

葵に拒否されるかと思ったけど、そんなことはなかった。

そして泣くつもりなんてないのに、涙がポロッとこぼれる。

ただ、純粋に嬉しい。

そして来てくれたのが葵だということが、本当に嬉しい……。

「怖かった……」

「遅くなって悪かったな」

葵が悪いわけではないのに、背中をさすって労わってくれる。

一応こう見えても心配はしてくれたのかな……。

軽く抱きしめられて、やっと我に返った。

私たち……抱き合ってる？

ものすごく安心するし、このまま離れたくないとさえ思ってしまう。

これはどういう心境なの？

もしかしたら、私……葵のことが……。

「外に車を待たせてある。とりあえず移動しよう」

「う、うん……本当にありがとう」

「もういい。ほら」

自然と身体が離れて、少し寂しいと思っていたら、葵が手を差し出した。

躊躇いもなく握ったその手は……とても温かかった。

しばらくふたりっきり

葵は私がいないことに気づいてエマちゃんを問い詰めたけど、私とのことは何も言わなかったらしい。

ホテルや船の監視カメラから私の姿が確認できて、現地旅行社のスタッフが乗船所で私を見つけてくれ、安全な空港まで移動させてくれたことを知った。

その時すでに葵は私の居場所を知っていたのか……。

個人の船を特別に出してもらい、私のところへ巡り着いたという。

あの嵐の中を突破するなんて、さすが葵。

しかもその理由は、私を迎えに来るため？

雇い主としての責任感からか、ただ純粋に私を心配してくれていたのか……真実を知りたいけど、ここまで来てくれたという事実だけで本当に嬉しい。

どこも満室だと聞いていたけど、先に体育館へ向かったこのみちゃんはほかのホテルへ泊まれることになったと葵から聞いた。

そして私と葵もまた別のホテルの一室を優遇してもらえることに。

いつも同じ部屋で寝ているから違和感がないかと思っていたふたりっきりの空間は、場所が違えばまた雰囲気が違う。

それに普段はキングサイズでかなり広々使えるのに、今回はダブルだから一緒に眠るとなると距離がかなり近い。

これは……どうしたものか。

簡易的なキッチン付きの部屋で、材料があればここで料理もできそう。

共同の浴場でシャワーをすませて部屋に戻ると、先に戻っていた葵がテーブルの上にサンドイッチを並べていた。

「腹減ってるだろ。好きなの食えよ」

そういえば疲れで忘れていたけど、まだ夕食をとっていなかったんだ。

「ありがとう……気が利くね」

葵といえばサンドイッチというぐらいによく食べているところを見る。

「合宿の目的は今日のディナーだろ？　お前が気落ちしてると思って特別にシェフのおまかせサンドを作ってもらった」

葵の気遣いを嬉しく思うと共に、やっとお腹も満たされて心底ホッとした。

食後すぐに寝る支度をすませ、ふたりでベッドサイドに腰掛ける。

「今日は先に寝ろよ」

「ありがとう……でも大丈夫。添い寝係だし、葵が眠るまでは起きてる」

「無理するな」

からかう口調で、強引にベッドに倒された。

そしてすぐ隣に葵がこっちを向いて寝転ぶから、心臓が一気に高鳴り始める。

え……この状態は……。

本当に至近距離で、見つめ合ってしまう。

目が離せないし……葵もどうしてこっちを見てるの？

「なんか今日近い……」

「そうか？　いつもが遠すぎるんだろ」

そうは思わないけど、いつものベッドが大きいからそう感じてる？

葵に見られていると、戸惑う。

嫌とかそういうことではなく、自分でもよくわからない……。

なんだか私……変だ。

「眠れないから……先に寝て」

「俺もだ。いろいろありすぎて、逆に目が冴えてる。さあ、今日はどうする。手を繋ぐか……」

今そうされたら顔が熱くなりそうだと直感で思った。

すぐ近くに葵がいて、今日は不思議とこれまで以上に意識してしまっている。

だけど拒否するのも変か……。

「それでもいいけど……」

「この部屋、クーラーが効きすぎてるな。俺の手もこんなに冷えてる」

首元に手のひらをあてられて、ドキッとする。

冷たいのと、緊張でどうにかなりそう。

それでも平静を装い、手を押し返す。

「そう？　私はちょうどいい」

「確か、人の体温で眠くなるって言ってたよな。今日はもっとこっちに来いよ」

葵が腕を伸ばしてきて、ビクッとしてしまう。

驚いたけど、動揺していることを悟られるのは嫌。

抱きしめられるタイミングで背中を向けたら、バックハグされてしまった。

正面から抱きしめられた時もあるけど、これはこれで強烈。

私のことをなんとも思ってないのに、こういうことを簡単にできる葵って……考えれば考えるほど、少し複雑。

「今日はお前も疲れただろ？　ゆっくり休めよ」

「う、うん……」

全然……眠れる気がしない。

葵の息が耳にかかってくすぐったくて、何よりこの体勢に耐えられない。

どうやって離れようかと考えていると、うしろから顔を覗き込んできた。

「返事がいまいちだな。大丈夫か？」

「眠たいから、もう寝る……」

顔が熱いしこの状態がもう恥ずかしくて、自分から目を閉じた。

ギュっと目を瞑り、ただ時間が過ぎるのを待つ。

そのうち葵は、私から腕を離して仰向けになった。

よかった……。

朝まで眠れなくなるところだった……。

少し経ってから振り向くと、葵は私に背を向けていた。

それでも背中がくっつきそうな距離に、緊張感が増す。

すぐそこに葵がいる。

そう思っただけで、どうしても意識してしまう。

私……葵のことが好きなのかな。

ううん、こういう状況に慣れてないだけ……。

自問自答を繰り返しながら起きていたけど疲れには勝てず、そのうち眠ってしまった……。

目を覚ますと、いつものように葵はすでに起きていた。

ソファに腰掛けてスマホを見ている。

時計を確認すると、まだ五時台。

「相変わらず早起きだね……」

「ああ、船と飛行機の運行状況が気になって。台風の影響で今日は一日欠航みたいだ」

「ってことは……」

「今日はここで過ごすしかないな」

そっか……しばらくふたりっきり……。

「ごめん……葵を巻き込むことになって」

「そういうふうには思ってない。むしろ好都合」

「驚くべきプラス思考だね。さすが」

「せっかく家からも学園からも離れて自由に過ごせるのに、落ち込むのはもったいないないだろ」

たしかに葵はいつもいろいろなプレッシャーに囲まれているはず。

今だけはそういうことから解き放たれてもいいのかも。

「そうだね。私もそう思うことにする」

「おう。外には出れないだろうし、とくにやることもないな……さてどうするか」

困っている割には、なんだか嬉しそう。

「こういう時は、食べ物かな」

「お前らしいな。もうそろそろ朝食だし、準備して行くか」

「うん」

今日は中止だけど島巡りや移動など、早朝から動く人が多いので旅先の朝食は早い。

カーテンを開けると外はまだ大荒れで薄暗い。

本当にここにしばらく滞在するんだ……。

朝食をすませて部屋に戻る。

「美味しかった〜。お腹いっぱい」

「本当にうまそうに食うよな。お陰で俺まで食いすぎた」

褒めてるかどうか微妙だけど、きっと葵なりの褒め言葉。

葵はベッドの脇にあるソファに座っている。

私はベッドに腰掛けて、そこで葵と話していた。

普段の葵は何を考えているのか分からないことも多いけど、今日はなんだか友達っぽい。そういえばどんなことが好きなのかほとんど知らない。趣味といえるようなものもなさそうだし、何に興味を持ってるんだろう。この先こんなことをしたいとか、こうありたいとか、そういうのがあるのかな。たとえば将来の夢とか。

「葵には……将来の夢ってある？」

「唐突だな。お前から言えよ」

普段、私に全く興味のなさそうな葵がそんなことを言うなんて驚く。

話せば一応聞いてくれる？

自分のことを知ってほしいと思うし、あとで葵のことも聞かせてくれるかな。

「将来のことはまだハッキリとは決めてないけど、子どもに携わる仕事をしたいと思ってる」

「へえ……」

からかわれると思ったら、意外にも穏やかな顔をして聞いている。

「そう思ったのは、小学生の時に出会った担任の先生との出来事がきっかけ。おとなしくて友達もそんなにいなかったから学校も楽しくなかったし、発表するのも恥ずかしくて……当てられるのが嫌だった……」

「なるほどな」

「一度、当てられて答えを間違えたら、クラスのみんなに笑われた。そしたら教室の天井がぐるぐる回ってる気がして……もう怖くなって、その次の日から学校に行けなくなった……」

クラスの子たちはからかうつもりでもなく、私が言った言葉が面白くて笑っただけなのに、あの時の私は恥ずかしいっていう気持ちが大きすぎたみたい。

後からその先生から聞いて、時間をかけて理解したことなんだけど……。

「先生が毎日家まで来て、学校に行きたくないならいいって言ってくれて、しばらくそれに甘えてた」

「そんなことがあったんだな……」

軽く頷きつつ、私の目をジッと見ている。

こんな葵、知らない……。

話を聞いてもらっているだけなのに、なんだかドキドキしてしまう。

「勉強も遅れがちだったけど丁寧に教えてくれて、学校の楽しそうな様子を聞かされると行ってみたいと思うのと、やっぱり怖くて行けない気持ちが交互にやってきて……結局、行けなくて……」

「そうか……」

「そんな時、先生にも忘れられない辛い出来事があるって聞いて……過去に教えていた生徒と突然会えなくなったって……」

「へえ……」

そこで葵が寝転がる。

そして私の手を取った。

ドキッとしたけど顔に出ないように必死で堪える。

葵の手はすごく温かくて、自分の手がとても冷えていることに気がついた。

「続けろよ」

「うん……事情があって、突然去る形になってしまって……その生徒に本当に申し訳ないことをしたって言ってた」

ドキドキしているのもあるけど、嫌な思い出を話していて、手が少し震えていることに気がついた。

葵……まさかそれに気がついた、とか？

本心はわからないけど、私のことを気にかけてくれてる？

「先生の場合はその生徒に連絡する術がなかったらしくて……そうだとしても、行動に移せなかった自分を今でもとても後悔しているって。私の場合も、クラスメイトが謝りたいと言ってるから、話し合いができるうちに一度だけでも聞いてみてほしいって言われた」

「そうか……」

「それでも学校に行けない気持ちのほうが強いなら無理する必要はないし、受け入れることができるならまたみんなで遊べるといいよねって……」

葵は少し考え込むようにして、押し黙ってしまった。

「ごめん、こんなこと……もっと軽い感じで話せばよかった」

「いや、暇つぶしって……だけど拒否しないってことは、聞く気があると思っていいはずだし、続けて話すことにした。

「それで学校に行ったらクラスメイトが私のことを心配していて、軽い気持ちで笑ったことを謝られた。たくさん話してわかったことは、私も友達に歩み寄ろうとしていなかったな……って」

将来の話を軽く振ったつもりが、こんな暗い展開になるとは思ってなかったはず。

葵は黙って聞いていたけど、いつもより表情が柔らかい気がした。

だから私もつい詳しく話してしまった。

「そうか……」

「うん。その時の友達とは今でも繋がってる。長くなったけど、その先生みたいに私も子どもの気持ちに寄り添いたい、一歩踏み出す勇気を与えられるような人になりたいと思ったんだ」

「お前なら、なれるかもな……」

葵の言葉とは思えないほど温かくて、胸が熱くなる。

淡々と聞いているけど……ずっと手を握られていて、実は安心感で満たされていたことに気づく。

葵が意図してやっていたかはわからない、それでも確実に不安な心は取り除かれている。

「そうならいいけど……それで、葵の将来の夢は？」

「俺？　それは秘密」

「え、秘密なの？」

この流れで聞けるかと思っていたら、あっさりそう言われてしまった。

「また、いつか話せる時があれば話す」

もったいぶってる？

まあ、御曹司だからいろいろなことを叶えられる環境にいるし、あるとしても私とはスケールが違うはず……。

「暇だし、キッチンもあるし……ここで何か作ってみようかな」

「まあいいかもな」

幸か不幸かキッチン付きの部屋だし材料があれば大丈夫そう。

「そんなにすごい物は作れないけどいい？」

普段、高級な物しか食べていない葵からしたら物足りないはず。

「いいな。楽しみにしてる」

ふわりと優しく微笑むから、少しだけドキッとした。

「ショップで野菜も買えそうだし、ちょっと行ってくる」

「ここにいても暇だし、俺も行くか」

ふたりでショップへ行き、必要な物を買う。

ついでにお土産を見たり、置いてある物について会話することがとても楽しい。

葵って、普段学校では偉そうなのに……ふたりでいる時は話しやすくてなんだかホッとする。

「これ買ってやろうか」

葵が、沖縄と書かれている、いかにもなキーホルダーを手に取る。

それはいらないと思いつつ、言動が嬉しくて大きく頷いた。

葵がそれをレジに持っていく姿を見ながら、どうしてこんなに嬉しいのかと動揺する。

葵が買ってくれるなら、なんでもいいと思ってる。

たったこれだけの時間を一緒に過ごすだけで楽しいし、私……今日は変だな。

途中で渋谷くんから葵に連絡が入った。

学園の生徒は明日か明後日の飛行機が準備でき次第帰省、このみちゃんは状況をみてエスアイツアーの人が連れ帰ってくれるらしく、私と葵はほかの人たちとは完全に別行動をすることになった。

ということは、今日は完全にふたりっきりで過ごすことになる。

この非日常空間がそうさせているのかもしれないけど、台風でいつ帰れるかわからない中、葵と一緒に過ごすのがとても楽しい。

ふとした時、ふたりで旅行に来ているみたいな錯覚に陥る。

せっかくだから深く考えず楽しく過ごすのもいいかもしれない……。

部屋に戻り昼食の準備に取り掛かる間、葵はソファで本を読んでいた。

穏やかなひととき……。

葵が美味しいと思うかどうかはわからないけど、材料が少なくても作れるオムライスにした。

テーブルの上にオムライスを運ぶと、軽く頷いている。

「まあまあだな」

シェフのように包むのは無理だしこれが限界。

「口に合うかはわからないよ」

もう葵の評価なんて気にしなくていいか、お腹も空いたし早く食べたい。

卵にガッとスプーンを入れたところで、葵がハッとした。

「そうだ、美沙がお前のことを心配してたな。報告がてら写真でも撮るか」

近寄ってきて、セルフカメラにする。

ふたりの距離が一気に縮まっても葵はいたって普通。

それに引き換え私は……内心ドキドキしている。

それに、こういうふうに楽しく過ごせることがすごく嬉しい。

やっぱり、葵のことが……好き……。

意識してるのが顔に出てしまいそうで、写真を撮った後すぐにオムライスを頬張った。

「相変わらず豪快だな」

私を見て苦笑している。

食べることに集中して、自分の気持ちを誤魔化すしかない。

葵を好きって正気⁉

相手は超セレブの水島葵なのに。

私なんかが私的に近づいていいわけないし、出会った頃に、好きになるなと釘もさされた。

一緒にいる時間が長いから、きっと勘違いしてるだけ。

そう思い込むしかない……。

「それにしても昨日の豪華ディナー、食べたかった……」

「まだ言ってるのか。このオムライスはまあ普通にうまいな、庶民の味……」

それって褒めてる？

よくわからないけど、葵にしてはいい評価と思っておこう。

リラックスしている葵を見ていると、出会ったばかりの敵対心剥き出しだった頃のことを思い出す。

こんなふうに会話して、穏やかに過ごせるなんてまるで夢のよう。

そのうち葵はソファでウトウトし始めた。

私の肩にもたれて、時折り薄目を開けては起きようとするけどまた眠ってしまう。

そんな葵の隣で、ただドキドキしていた……。

「お前は勝手にいなくなるなよ……」

え……。

どういうことなのか確認しようと思ったら、葵はそのまま眠ってしまった。
結局しばらく起きないから、そのことは聞けずじまいだった……。

突然のサプライズ

台風の軌道がそれたことにより、次の日すぐに帰れることになった。

飛行機に乗って移動する間、葵はただひたすら眠っていた。

私のせいで、きっと必要以上に疲れたよね……。

空港に到着してそのまま家に帰るものだと思っていたが違った。

タクシーに乗ると、葵は予想外の行き先をドライバーに告げた。

「家に戻らないの？」

「ああ、せっかくだから……知り合いの店に顔を出すつもりだ」

いつも一緒に車に乗っている時は眠っている葵も、今回は起きていた。

「眠くないの？」

「昨日はぐっすり眠れたからな……」

「いつも寝てるよね」

「まあ……そう思うならそれでいいけどな」

どういうこと?

いつもは眠れてない?

「今から行く建物が向こうに見える。到着時間を予想して、負けたほうが勝ったほうの言うことを聞くことにしないか?」

「それ、葵は知ってるよね? 私のほうが不利だよ」

「俺が手加減するかもしれないのに。チャンスを逃したな」

「それならやる」

「やっぱりナシ」

「えっ……酷い」

ふたりでそんなやり取りをしているうちに、さっきまで疑問に思っていたこともすっかり忘れてしまっていた。

目的地に到着して、遥か上にそびえたつホテルを見上げる。

このホテルを雑誌で見たことがあるけど、宿泊するのはもちろんショップやレストランも超高級店ばかりで私には敷居が高い。

回転扉を通ってホールに入ると、上からはいくつものシャンデリアがかかっていた。

無数の光の輝きが眩しすぎて、まるで別世界にいるかのよう……。

そしてエレベーターで一気に上まで昇る。

最上階に降り立ち通路を進むと、レストランの入口が見えた。

「会員制のブッフェだ」

「え……」

「合宿で夕食を食べそびれて残念がってただろ。それと相応かは分からないが」

突然のサプライズに感激してしまう。

もう、本当に嬉しくて仕方がない。

「嬉しい……ありがとう。いいの？」

「たまにはこういうのもいいだろ」

このホテルの中にいること自体場違いではあるし、会員制と聞いて躊躇しそうになったけど、そう言ってもらえると安心することができた。

葵は入口に立っているスタッフに合図をすると、颯爽と店内へ入っていく。

顔認証？　ハイクオリティなホテルはセキュリティもすごそうだし、きっとどこかに機械があるんだろうね。

葵に続いて歩いていると、スタッフが私たちに一斉に一礼し、なんだか急に落ち着かなくなり、自然と背筋が伸びた。

「そんなに緊張しなくていい」

「うん……慣れなくて……」

窓際の見晴らしのいい席についた後、料理を取りに行くことに。

たくさんの美味しそうな料理に目移りしてしまう。

そしてふと横を見ると、隣に立っているのが有名なミュージシャンであることに気づいた。

すごい人がいる……。

周りを注意深く確認すると、テレビでよく見かける司会者やタレント、スポーツ選手が普通にすぐそこにいる。

自分がここにいることが信じられない。

テーブルに着いてからも、周りにいる人すべてが著名人のような気がしてしまい辺りを見回してしまう。

そこで葵と目が合い、我に返った。

「一緒にいて恥ずかしいよね……」

「まったく。お前のそういうところ、庶民だってわかりやすくていい」

これは褒められているのか、ディスられているのか……。

「いつも通りうまそうに食えばそれでいいから」

「それでは遠慮なく……」

一口頬張り、食べたことのない美味しさに歓喜する。

もう言葉にならなくて悶絶していると、葵がたまりかねたように吹き出した。

「面白いやつ……まあ昨日までたいした物、食ってなかったしな」

ハッ……。

普段からこんな高級店には行き慣れているはずの葵に、ド素人が作ったオムライスを食べさせたことを思い出す。

酷評はされなかったものの、無理していたのかも……。

「昨日は……」

「どんな料理でも、作った人の心がこもってるとうまいけど……そうだな、今日から庶民の味専門の、俺専属シェフにしてやるか」

「冗談だよね？」

「ああ、何でわかった。レパートリーなんてないだろ？　毎日オムライスが続くと思うとウンザリする」

「もう少しできるから」

「無理するな。お前は食べる専門だろ」

そう言って笑っている葵を見ているだけで幸せなんて自分でも驚くけど、こうしているととても居心地がよい。

楽しい時間を過ごして、水島家へ帰った。

非日常空間も終わり、現実に戻った。

身の回りのことをすませ、時計の針が夜の九時をさす頃、今までしていたのと同じように葵の部屋へと向かう。

普段は眠れていないようなことを、昼間に言っていたっけ。

もしそうなら、今夜こそ安心して眠ってもらおう。

それは私がここにいるための、たったひとつの理由だから……。

部屋のドアをノックして、声をかける。

「入ってもいい？」

「……ああ」

部屋に入ると、葵はベッドサイドに腰掛けて本を読んでいた。

いつもの光景。

たったひとつ違うのは……葵が、前より好意的に見えること。

本当に……私の勝手な思い込みなんだけど。

本から視線を上げ、葵が高級感漂う黒い箱を見せる。

「お前の好きそうな物、美沙にもらった。全部やるよ」

近寄ってみると、それは人気ブランドのチョコレートだった。

箱の中は仕切られていてそこに数粒、綺麗に入っている。

「これって……有名なやつだよね。本当にいいの？」

「ああ、ほら」

手に取ろうとしたら、葵自らの手で食べさせてくれた。

しなやかな指でチョコを私の口へと運ぶその仕草に見とれてしまう……。

そして、一口で幸せな気分になってしまった。

「んーっ、美味しい……」

「お前は何でもうまそうに食うよな」

「食い意地が張ってるって言いたい？」

「ハハッ。いつも美沙が、料理の作り甲斐があるって喜んでる」

そうなんだ？

お屋敷の食事は美沙さんが手掛けていて、シェフも顔負けプロ並みの腕前。

手際もよくて、あっという間に数人分のお料理を作ってしまう。

家事や従業員の采配も完璧だし、まさにスーパーメイドといっても過言ではない。

「美沙さんのお料理すごく美味しいから。ついつい」

「伝えておく」

そう言った後、葵はベッドに転がって私に手招きをする。

「お前もこっちに来いよ」

「寝転がると眠くなるし、ここ数日勉強してないから今日はまだ起きてようかな」

「真面目だな、今日ぐらい勉強のことは忘れろ。それと合宿の時みたいにやばそうな時は俺に言え、じゃないと後でもっと面倒なことになる」

軽く頷いたあと机に向かった。

しばらくして振り返ると葵は眠っているように見えて、私はひと通り勉強を終えたあと葵の隣で眠った。

【葵 side】

旅行明け、数日ぶりの登校だ。

いつものように車から降り立つと、少し先に渋谷が歩いているのが見えた。寧々には先に行ってと伝え、渋谷を追いかけ、声を掛ける。

「合宿では迷惑かけたな。助かった、ありがとな」

「おお、無事生還？　大変だったな～」

心配しているような口ぶりだが、顔はやたらとニヤついている。

「まあな。渋谷に頼んだことを父親が激怒して、少し面倒なことになった」

「そうだよなー。うちは貸しができたって大喜びしてるけどなっ」

渋谷とうちの父親は金銀高校の同級生で、ライバル同士。

ずっと何かの因縁をつけては張り合っている。

それが相乗効果を生み、今のお互いの地位があるといっても過言ではない。

うちの父親は様々な事業を手掛けていて、最近は上層階級をターゲットとした飲食店の経営にも手を出している。

寧々を連れていったのも、そのうちの一店舗だ。

そして5つ星ランクのホテルへの出店を制覇したい野望も、SIリゾートからは拒否されていて交渉が難航している。

それが今回のことで、更に父親を不利な状況に追い込んでしまった。

申し訳ないとは思うものの、自分がした行動を悔いるつもりはないし仕方のないことだと思っている。

それに事業を手広くやるのもいいが、俺は……こうだと思ったことを突き詰めたいのもあり、父親の経営方針にはあまり賛同できないところはある。

「さっきそこでエマちゃん見たぞ。普通の顔して学校に来てるけどいいのかよ。また寧々ちゃんに何かやるんじゃね？」

「あいつの親に圧力かけておいたから大丈夫」

「怖っ」

所属タレントが最近うちの会員制飲食店に出入りしていて、不祥事の連発。記事にならないようにこちら側で未然に防いでいるけど、世間に発覚するのも時間の問題だな……。

「父親から、寧々と距離を置くように言われたし……中川エマの気を逸らすのにもちょうどいい」

「距離を置けって？　え、なんで」

「俺があいつに夢中だと勘違いして、うちから追い出せって激怒してる」

「え、一緒に住んでるのか？」

しまった……。

渋谷にも言ってなかったのをすっかり忘れていた。

「実はそうだ。不眠症の治療に、添い寝係がいたほうがいいらしくて……それでだな」

「添い寝⁉　え、やば」

いや、なんだかどんどん墓穴を掘っている気がする。

「まあ、勝手に想像してくれ」

「どういうことだよ！　わかんねーよ」

逃げても追い回してくるから、観念して話すことにした。

「寧々は……俺の不眠症の改善に雇われた女だ。最初は半信半疑だった……でも今では、たまに穏やかに眠れる日がある。医者からも睡眠の質が上がってると言われたしな……」

「驚いた！　そうだったんだな」

「そのうち話そうと思ってた……」

「俺は全然いいぞ。それで長年の不眠症が治るなら、寧々ちゃんの効果絶大だな。もうこのまま付き合えよ」

「そんな関係じゃない」

「ま、詳しくは聞かないけどさ。俺はいいと思うぞ」

渋谷はすぐそういう話に結びつけるな。

でもまあよく考えてみれば、これまでひとりで過ごす時間が好きだと思っていたが、あいつといる時は結構楽しい。

女なんて鬱陶しいと思っていたのに、寧々にはそういう感情はわかない。

むしろ一緒にいて心地よいなら……そういうのも悪くないのか。

第三章　学園祭とキスマーク

勘違い女の逆襲

夏合宿の後から、学祭に向けて一気に忙しくなった。

私は体育館係となって、日々忙しく過ごしている。

葵も誘ってるけど、学祭自体に興味がなさそう。ああいうタイプの人にこそこういう機会にクラスメイトと一体となって取り組んでほしいと思う。

その結果、普段は関わることのない人たちとの絆が生まれたり、新しい楽しみ方を見つけることができるのにそれを知らないなんてもったいない。

私の誘い方が悪いのはわかってる。

この話をすると葵は黙り込むし、気まずくて話が進まなくなる。

もっと、興味をもってくれるといいんだけど。

学祭まであと数日。

今日は午後から先生達の研修があるので休校となり、授業は午前で終了した。

その後少しだけ残って体育館の飾り付けをし、私たちがしなければいけない全ての作業が終わる予定。

クラスの催しは特に何もなくて、当日はほかのクラスが企画したお店やイベントを回るだけなのでとても気が楽。

葵は相変わらず何も手伝ってないし、今日だって何もやらずにさっさと帰ってしまった。

それでも復習用の資料を作っていて、それを借りている私は、個人的に頭が上がらない。

「最終テストをするね～。GO！」

「わあっ、綺麗!!」

このみちゃんの声に合わせて、体育館の照明が落とされた。

全体の暗幕を引き中を薄暗くして、床や壁にはLEDライトを点在させてイルミネーションっぽくすることに成功。

再び照明をつけるために体育館の端に移動すると、いつの間にか宇治山くんが隣に立っていた。

「うまくいってよかった。後で話がある……いいかな」

宇治山くんがそっと語り掛けてくる。

改まってどうしたの？

ここでまた待ち合わせることになり、いったん解散した。

このみちゃんたちには鍵を閉めて帰ることを伝えてここへ残っていると、いったん帰ったふうに見えた宇治山くんがにこやかな表情で現れた。

「ごめんな、突然。安城さんに話があって……もう、単刀直入に言う。付き合って欲しい」

唐突すぎる告白に戸惑ってしまう。

「驚いた？　そうだよな……そんなに話してるわけでもないし」

「うん……」

何て返事をすればいいのか困っていると、宇治山くんの顔がみるみるうちに赤くなった。

「やっぱ、早まったかな……あはは」

宇治山くんを見ているとなんだか和んでしまって、つい笑ってしまった。

「あ、ごめん……」

「いや、いいよ。そういう、こっちまで笑顔になるような安城さんの雰囲気を含めて全部好きなんだ……どうかな」

こんなにストレートな告白を受けたのは初めてで、どう返事をすればいいのか困ってしまう。

好意をもってくれている自覚もなかったし、いい人だとは思うけど友達以上の感情がまったくない。

あっさり断るのも失礼かな、だけど気をもたせても仕方がないか。

「ごめん……付き合うとか考えられなくて……」

そう言ったら、宇治山くんの顔が引きつった。

「あ……そうなんだ……そっか、そうだよな……水島のことが好き、とか？」

「それは違うけど……どうしてそうなるの？」

突然その名前が出てきて驚く。

戸惑っていると、体育館に誰かが入ってきた。

このみちゃんたちが戻ってきたかと思いそちらを見ると、それはまったく別の人物。

「これで飾りつけたつもり？　予算があるんだからもっと派手にやればいいのに」

「そうだよ、エマちゃんの一声で人気アイドルが揃うし、去年みたく盛大にやりたいよねー」

エマちゃんと、数人の女子生徒だ。

すぐに気づかれて、こちらに走ってきた。

「こんなところで密会？　やることやってるよね」

「体育館係だから準備してただけ……」

否定しようとしたら、さも楽しそうにクスクスと笑い始めた。

合宿以来エマちゃんと会話するのは久しぶりで、仲がよかった頃を思い出してしまう。

だけど口調が挑戦的だし、これまでとは別人だと思ったほうがよさそう。

「エマの提案を宇治山くんが断ったから、この展示物を壊しに来たの。鉢合わせしちゃったね、お互いタイミング悪いよねえ」

壊すってどういうこと？　それにエマちゃんの提案って……。

何を言ってるのかわからず宇治山くんを振り返る。

「ちょっと前に中川が企画を持ち掛けてきたけど、俺が却下したんだ。知り合いのアーティストを招待したいなんて、あまりにも個人的な理由だろ」

宇治山くんはむずかしい顔をしてエマちゃんを睨んでいる。

「実行委員でもないのに宇治山くんの一任で決定するなんて、本当に迷惑。だけど展示物が壊れたら、ほかのイベントをやるしかないよね」

まつ毛のびっしり生えた人形みたいな瞳をぱちくりしている姿はとても可愛らしいけど、言っていることは恐ろしい。

「みんなで一生懸命作った物を壊すって……何言ってるの？」

「ふふっ。こうなったら寧々ちゃんにお願いしようかなあ」

私の話はまるで聞いていなくて、構わず話し続ける。

「葵くんと別れるなら、壊さないでいてあげる。寧々ちゃんが断るなら、全部宇治山くんに罪をかぶってもらうね」

「そんなの交換条件にもならない。葵とは付き合ってないから」

「嘘つき。そんな言い訳信じない」

私の話を聞く気はまったくなくて、強引に話を進める。

「宇治山くんって結構崖っぷちなんだよね。放送部で先生の負担を減らしてポイント稼ぎをしてるけど、本当は特進クラスのボーダーラインギリギリ。普通クラスに落ちたら一家の恥だから、転校させられるんでしょ？」

「うっ……」

図星なのか宇治山くんは青い顔をしている。

「こんな事件起こしたら、普通クラスどころか一発で退学だよね」

「宇治山くんがやるわけないし、もし罪を擦りつけても私が証人になる」

エマちゃんに食ってかかるも、余裕の表情を崩さない。

「そんなの誰も信じないよ。だから寧々ちゃんが宇治山くんを助けてあげて。葵くんと別れるだけ。とっても簡単なことだよ」

友達みたいに優しい笑顔で微笑まれても、違和感しかない。

要求を呑むわけにはいかないし、どうする……。

「少し……時間をくれない？」

「ま、いいけど」

断られるかと思えば、猶予をもらえたことに驚く。

宇治山くんは黙ったまま俯いている。

「じゃあ……一緒に来て。考えがまとまるまでエマと話そうよ。昨日ね、お気に入りのショップでこれ買ったんだあ。かわいいでしょ」

髪につけたゴムを指さし、まるで仲のいい友達みたいに腕を組まれて、外へと連れ出される。

こうしていると普通の子なのに、やることは非道で頭の中でそのギャップを埋めることができない。

一体なにを考えているのかわからないけど、出会った時の優しいエマちゃんの顔がチラついた。

学園で初めてできた友達で、いい子だと思ってたのに……合宿でのことが幻だった気すらしてくる。

ただ純粋に葵のことを想う気持ちが、歪んでしまった？

そうさせたのが私の存在だとしたら、分かり合える方法があったかもしれないのに……。

そんなことをぼんやりと考えているうち、しばらく歩いて連れてこられたのは旧校舎だった。

ここはしばらく使われていなくて、全体を網やブルーシートで覆ってある。

中は薄暗く一階の教室に入ると机も撤去された後で、誰もいない教室にふたりしかいない状態。

「ここじゃなくてもよくない？」

「人が来るところだと邪魔が入るし、どうするのが一番いいのかよく考えてね」

クスッと笑って、スカートのポケットの中を探られた。

そしてスマホを取られたかと思うと、突然勢いよく突き飛ばされた。

「ちょっと、何するの？」

冷たい床に転げたところで、教室のドアを閉められる。

「葵くんのことはあきらめて。決心がついたらここから出してあげるね」

「エマちゃん⁉」

立ち上がってドアを開けようとするけど、建付けが悪くなっているのか鍵をかけられているのかびくともしない。

「合宿の後、パパが葵くんに脅されたの」

え……。

「どういうこと？」

「おかげでパパから葵くんと関わるなって叱られるし、散々だよ。高スペックで便利だと思ってたのに、寧々ちゃんだけが使えるなんて許せないから手放してくれない？」

そんな……葵のことをただ純粋に好きだと思っていたのに、違ったんだ。

あまりに自分勝手な考え方で、逆に哀れに思えてしまう。

「葵のことをそんなふうに見てたの？　いくらなんでも、そんな言い方は酷い」

「エマに説教しないで！　それにしても、宇治山くんといい雰囲気だとは知らなかった～。あんな雑魚と仲良くしてなにかメリットある？」

エマちゃんは……本当にかわいそう。

人を……友達を、好きな相手でさえもそんなふうにしか見られないなんて。

「葵とは何でもないって言ってるでしょ。それにもし仮にそうだとして私たちが離れてエマちゃんのなにかが変わるの？」

「はあ？」

「このことだって、バレたら……大変なことになるって思わない？」

「べつにどうでもいい。誤魔化すのは得意だし、最悪の場合……水島グループを妨害する方法なんていくらだってあるってパパが言ってた」

お父さんのことはよく知らないけど、これまでのエマちゃんの言動からして、そういうこともやりかねないと思ってしまう。

「ねえ、葵くんと別れるの？　どうする」

「別れるも何も付き合ってないし、葵は私のことなんて……」

添い寝係としか思っていないと言いそうになって、口を噤んだ。

「また後で見に来るから、その時までによく考えておいて」

そう言い残して、行ってしまった。

スマホを取られたし、誰かに連絡をすることもできない。

宇治山くんのことは別で考えても、葵が不利になるなら、エマちゃんの誤解を解くためにはもう学園へは通わないという選択肢しかない。

ここでの生活は辛いこともあったけど友達もできたし、結果的には楽しいことのほうが多かった。

いつか学園を離れる時が来るとは思っていたけど、思っていたより遥かに早く、予想外の形でその日を迎えることになりそう……。

【葵 side】

放課後、寧々は学祭の仕上げがあると言って、いつものように体育館係とべったりだ。

なんだか面白くないが、口を出せば俺にも手伝えと言ってくるから先に帰ることにした。

渋谷と待ち合わせ、よく寄るカフェで時間を潰す。

「おい、迎えに行かなくていいのかよ〜」

「うるさい……」

さっきからしきりに、寧々を学校まで迎えに行けと俺をけしかける。

「学祭の準備は宇治山と一緒だよな。あいつが寧々ちゃんを見る目、普通じゃない」

「ただの友達だろ」

そう言うと、ヘラヘラと笑っている。

「そんなこと思ってたら、あっさり取られちゃうぞって話。気づいた時には宇治山と添い寝……あーっ、考えただけでゾッとする」

寧々がほかのやつと……。

そう思ったら、胸のどこかに嫌悪感が生まれた。

なんだ、この感情……。

「身近にいて、大切なことに気づいてないならもったいない。手遅れになる前に手をうて」

そう言われてもな。

「それがな、宇治山が結構いい仕事するんだよ。ヘタレっぽくて、意外とできるやつ。今頃そのギャップにやられてるかもな」

ガタッ。

気がつけば立ち上がっていた。

「ほら、行けよ」

「いや……べつにいい。家に帰ればいるしな。しばらくは今の状態を続ける……」

「うわ〜、こっちが心配になる！　ちょっと待ってろよ。体育館係のやつに、ふたりが今どうしてるのか聞くから」

「べつに聞きたくもない」

そう言ったものの今日は仕上げだって張り切っていたし、やり遂げたのか確認するのも悪くないか。

あいつから何度も学祭の手伝いに誘われて、正直面倒だと思った。

だけど俺以外の奴といる話を毎日楽しそうにするし、なぜか無性に腹がたった。

渋谷は……人の懐に飛び込むのがうまいから、その素直さとストレートに感情を表現するところを羨ましいと思うこともある。

俺にない部分で、それが自分の弱さなのかはわからないが……。

「まずいな……」

渋谷が眉を寄せて唸っている。

「どうした？」

「準備も終わって解散したらしいけど、宇治山と連絡が取れないって。おまけに寧々ちゃんを体育館で見たやつがいる」

「それのなにがまずい。寧々のことだから、片づけとか引き受けてるんだろ」

「体育館に……エマちゃんがいたって。寧々ちゃん大丈夫かな……」

「それを早く言え」

学園へと急ぐタクシーの中で、寧々に連絡を入れるけど通話も繋がらないし、メッセージにも返信はない。

出られない状況なのか、拒否されているのか……。

学校にいる間はサイレントにしていて、気づいてない可能性もある。

ただ合宿のこともあるし、中川エマの名前が出てきた以上警戒したほうがよさそうだ。

渋谷が誰かと連絡を取っていてその内容に青ざめた。

「エマちゃんと？　旧校舎のほうに向かったって？」

旧校舎は、取り壊す予定で……確か、今週だったはず。

いつだ……？

急いで日程を確認すると……それが今日だということを知り背筋が凍る。

電話を奪い取り、電話の相手に食ってかかった。

「誰か、すぐ旧校舎に行けるやつは？」

「それが俺も家に戻ってて……誰か学園に残ってないか聞いてみる」

電話を切った後、急いで学校に連絡を入れたが、留守番電話になっていて繋がらない。

そういえば午後から休校だった、くそっ……なんでこんな日に……。

いや、こんな日だから……だ。

中川エマが最初から狙っていたのかはわからないけど、今日は何かを起こすのに最適の日だ。

学園に到着するや否や、旧校舎へと向かう。

建て壊しはすでに始まっていて、建物の一部分が崩れかけていた。

危ないからと中に入ることを止められるが、寧々の居場所がわからない今、この中を確認しないわけにはいかない。

渋谷に工事を止めてもらっている隙に、旧校舎へ潜入する。

一階はまだ無事で、壁がひび割れている様子もない。

今のうちに一通り見て回るしかない。

自分の身も危険なのは十分理解してる……周りを確認しながら進むとするか。

「寧々っ、いるのか⁉」

走りながら必死で声を張り上げる。

自分の足音と大きな声が校内に響いて不気味すぎる。

ここにいなければ、それでいい……。

だけど中川エマなら、やりかねない。

可能性がゼロじゃない限り……俺は、自分の思うように行動したい。

自分の必死さに、笑いがこみ上げる。

寧々ことを何とも思ってないフリして、あいつがいなくなると思っただけでこんなに怖いのか？

ただの添い寝係だろ……代わりはいくらでもいる。

そう思うのにあいつじゃなきゃ嫌だとか、この状況でそんなことを考えていることに驚く。

なんだよ……結構、俺の中で存在がデカいんだな。

無事な姿でいるのを確認しないと、一生後悔しそうだ……。

しばらく捜していると、遠くで人の声がした。

立ち止まって、耳を澄ませる。

「誰かっ……助けて」

寧々の声？

一番奥の……突き当たりだ。

猛スピードで走っていくと、教室の中に寧々が座っていた。

その顔は泣きじゃくっていて、今まで見たこともない顔をしていた。

「葵っ……」

なんでこんなこと……。

怒りが溢れると共に、会えた嬉しさととてつもない悔しさで感情が溢れ出しそうになる。

いや、今は感動してる場合じゃない……。

閉まっているドアが開かないことに気づいて必死に開けようとするが、びくともしない。

「くそっ……おいっ！　うしろに下がってろ」

ドアはどうにもならないことがわかり、通路に面している窓を思いっきり蹴ると、ガラスが派手に飛び散った。

そこから教室の中へと入って、寧々の元へと駆け寄る。

「大丈夫か、怪我してないか？」

寧々の身体を確認すると、特に怪我はないように見えた。

「うん……大丈夫……怖かった……」

「よかった、無事で」

勢い余って寧々を抱きしめる。

そうだよな……合宿の時も、こうだった。

無事だとわかって……心の底から安心した。

あの時は寧々に対して特別な感情はないと思っていたが、確実に俺の中では大切な存在になりつつあったんだと気付かされる。

もう手元に置いておきたい……。

ほかの誰かに振り回されて、こんな思いはもうしたくない。

「寧々……よく聞けよ……」

いったん身体を離し、寧々の涙をそっと拭う。

真っすぐに俺を見る瞳が愛おしすぎて……今にも気持ちが溢れ出しそうだ。

そんな状況でもないことは百も承知だ。

それでも自分の気持ちを自覚した途端、伝えずにはいられない。

返事はノーかもしれないとわかっていても……。

「俺は……」

言葉を発しかけた時、天井から瓦礫が崩れ落ちてきた。

咄嗟に寧々に覆いかぶさると、何か大きな物体が当たったのか身体に衝撃が走った。

「うっ……」

寧々の手を握ると、強く握り返された。

そんな些細なことが嬉しくて泣きそうになる……。

「早く!! 人がここにいます」

遠くから複数の声や足音が聞こえ、一気に取り囲まれた気がした。

「葵、やだっ……しっかりして……」

そして大好きな人の声が、だんだん遠くなっていく。

俺はどうなってもいいから……寧々を守れたなら、それでいい……。

薄れゆく意識の中で、寧々の顔が目に浮かぶ。

怒っていたり、笑っていたり、泣いていたり……。

全部俺に向けられていたのに。

もっと早く気づけばよかった……。

そして、不思議な感覚に襲われる。

懐かしい声が、頭の中でこだまする。

「葵……私はずっとおそばにいますからね。寂しい時は、素直にそう言えばいいんですよ」

どうして勝手にいなくなるんだよ。

ここは暗くて怖くて、虚無な空間だ……。

俺の周りには……いつも誰もいない。

気がつくと、みんな離れていく。

思ったことを言ったまでだ、やりたいことをやれと言われているからそうしているだけ。

人に弱みを見せたら負けだと思っている。

小さくて臆病で逃げたい気持ちを人に悟られてはいけない。

俺はいつも立派で、例えそれが傲慢にとられたとしても、強くなければいけないんだ……。

すべては葵に委ねられている

葵は意識不明の重体で、二日経った今も一度も目を覚まさない。

私を庇ったことによってこんなことになるなんて……。

本当に申し訳ないし、苦しくて辛くてたまらない。

不眠症でなかなか寝つけなかった葵が、こんな形で眠り続けるなんて誰も望んでないのに……。

私はこうして毎日病室へ来ることぐらいしかできない。

病室に入ると、美沙さんが出迎えてくれた。

「毎日ありがとう。葵さまはこのような状態だし……寧々さんも、できるだけ早く普段の生活に戻ってくださいね」

「ありがとうございます……」

普段の生活に戻れと言われても、葵がいないお屋敷は日常とかけ離れている。

葵中心の生活だったし、今はお屋敷にいてもただボーっとしてしまうだけ。

学園で友達といても、なにかが足りない気がして……ふとした時に、葵を探していることに気づく。

こうして学園帰りに病院に寄り、葵の顔を見ることを日々の楽しみにしている。

もしかして、今日は目を覚ましているかも……そう期待しながら顔を覗き込んでも、葵は穏やかな表情でただ眠っている。

「こんちはー」

明るい声が部屋の入口から聞こえ、振り向くとそこに渋谷くんが立っていた。

軽く会釈をすると、美沙さんは席を外した。

私も渋谷くんにぺこっと挨拶をする。

「なんだよー、クラスで会っただろ。他人行儀だなっ」

いい人なのはわかるけど、チャラいイメージがあるから少しだけ警戒してしまう。

すぐ近くまで来たから、条件反射で一歩うしろに下がった。

「マジかー。俺のこと警戒してる？」

コクコクと頷くと、ぷはっと笑っている。

「こんな状況の中、悪ノリしないって。葵の反応をみたくてやっただけ。あいつ自身も気づいてないけど、寧々ちゃんのことが気になってたのかもな」

そう言って、優しそうに目を細める。

「全然そんなことないよ……」

「あるんだって。葵は素直じゃないからなー。今だって、本当は寝たフリしてるだけかも。おらおらっ」

ふざけて、葵の頬をツンツンしている。

その勢いで顔が揺れるけど、一向に目覚める気配はない。

「早く意識が戻ってほしい……」

「そうだよな。前にも同じようなことがあって、その時も突然何もなかったように起きたらしいから、大丈夫じゃないか？」

「そうなの？」

驚いた……過去にもそんなことがあったなんて……。

「知らないよな。あれは確か、俺らが金銀学園の幼稚舎の頃」

ふたりはそんな前から一緒なの？

それも知らなかった……。

「夏休みに滞在先で、地震の被害に遭ったんだ」

「葵が……？」

「就寝中で、その時添い寝していた世話人が葵を庇って大怪我を負って、葵もしばらく意識不明の重体になったんだけどさ」

添い寝していた世話人？

過去にそんな人がいたことも知らなかった……。

「その世話人のことを、葵はかなり慕ってた。それなのに事故の怪我が回復した後、突然消えたらしい。葵が目覚めた時には、もう連絡のつかない状態でさ。あいつがそのことでしばらく落ち込んでたのを覚えてる」

「そ……うなの？」

「葵の親ってかなり厳しくて、人に甘えることを知らずに育った感じでさ。旅先に同行して添い寝するぐらいだし、唯一心を許せて頼れる存在がその世話人だったように思う」

葵にも、そんなふうに心を許せる人がいたんだ……。

そんな人が突然いなくなったら、かなり辛かっただろうね。

「だけどさ、寧々ちゃんと出会ってから、結構幸せそうに見える。これまでは意味なくイライラしてることも多かったけど、落ち着いてるほうだな。俺が思うに過去にいなくなった世話人と寧々ちゃんを重ねて見てるのかもな」

「重ねてるってどういうこと？」

「なんだろ、結構包容力あるじゃん。一緒にいて落ち着くし、心を許せてるのかもな……」

もしそうだとしたら、世話人が添い寝をしていたってことは、過去の辛い経験を私がいることで思い出させている可能性もある？

逆に葵を苦しめてるとしたら、こんなに申し訳ないことはない。

「だからさ、今度こそ……葵が目覚めた時に、そばにいてあげてほしい」

「渋谷くん……私にそんな大役は無理……自信がない」

添い寝係なんて名ばかりで、ただ隣で転がっているだけ。

勉強できる環境を整えてもらっている私のほうが、葵にお世話になりっぱなしなのに。

「そう言わずにさ。命懸けで守った見返りが、寧々ちゃんがずっとそばにいてくれることなら葵も喜ぶと思うよ」

葵が私を助けたのは、ただ優しいから……。

また俺に言わずに勝手なことをしてって、怒るかもしれない。

だけど……外で工事の音がして、建物に亀裂が入り始めた時……このまま誰にも見つけてもらえないなら、もうダメだと思った。

二度と葵に会えないと思ったら、涙が止まらなくなって……。

そんな時、葵が目の前に現れた。

夢かと思った……。

そういえば、葵は私になにか伝えようとしていたっけ……。

俺は……の先に、なにを言おうとしてた？

ベッドで静かに横たわる葵の表情からはなにも読み取れない。

このままいつまで続くのかわからないけど、葵が目覚めることを一心に祈るばかり……。


それから数日が経ち、学祭の当日になった。

エマちゃんはあの後から沈黙を守り続けている。

私が自ら旧校舎に行ったことになっていて、学校からは公になると大変な事態になるのでそういうことでと丸め込まれてしまった。

渋谷くんに真実を伝えたら激怒してエマちゃんに詰め寄っていたけど、シラを切り通されていた。

私のスマホは机の中に置いてあり、葵からの連絡が何度もあることを後で知った。

今はもう……葵が私に電話をかけてくれることはない。

メッセージを見ると、今送ってくれたかのような錯覚に陥る。

毎日見ているのに、病室のベッドで眠ったままの葵を想像することができないでいる。

学祭に行く気力もなく休みたいけど、美沙さんからは普段通りの生活を送ってほしいと言われそうしている。

葵のご両親は仕事がかなり忙しいらしく、面会に一度も現れない。

美沙さんは仕方がないと言っていたけど、葵が瀕死の状態なのにこの対応は冷たすぎる……。

そんな親の元で育ち、親身になってくれる世話人を心の拠り所にしていたのは分かる気がする……。

たとえ業務上の関係であっても、葵のそういう存在になりたい……。

世話人のことを思い出して辛くなるなら、いなくなる覚悟もできている。

どうすることが最善なのか、今はまだわからない……。

学祭は、このみちゃんと千咲ちゃんと回っていた。

このふたりといると、辛いことが一瞬吹き飛ぶような気がする。

だけどそれは命を懸けて助けてくれた葵に対する裏切りのような気がして、心から楽しむことができない。

私の顔が浮かないからか、心配してくれたふたりに休憩を勧められた。

しばらくひとりになりたかったから、ありがたい……。

ドリンクを買い校舎裏でポツンと座っていたら、少し離れたところで人の気配がした。

そちらを見ると、宇治山くんが近づいてきた。

「こんなところでどうしたの？」

「ちょっと……休憩してるの」

「俺もいいかな」

今さらどうして？

最近宇治山くんとは会話していなくて、こういう機会があれば聞きたいこともあったことを思い出す。

エマちゃんに旧校舎へ連れていかれた日、宇治山くんはどうしていたの？

宇治山くんのせいとは言わない。だけど私がどうなるとも思わずあのまま家に帰ったのかな……。

確認しても仕方がないけど、顔を見ると少し苛立ってしまう。

「いろいろ回った？」

「うん……」

「俺のおすすめは、三年の催しかな。後で一緒に行こうよ」

どうしてそんなに普通でいられるの？

葵が意識不明の重体だということは知ってるはずだし、私がエマちゃんに連れていかれたところを知っているのになんの証言もしてくれなかった。

クラスで声をかけると、しばらく私から逃げたくせに。

それなのに人気のないところでは話しかけてくるなんて信じられない。

それでもまだ好意をもってくれているとしたら、宇治山くんの人間性を疑ってしまう。

「ほかの人と行って……」

「水島のことは辛いと思うけど、寧々ちゃんのせいじゃない。そんなに落ち込まなくていいよ」

心配してくれているのはわかるけど、なにかが違うの……。

「…………」

「目を覚まさないんだってな。瓦礫の下敷きになったらさすがに……」

「そんなふうに言わないで。葵は……絶対に、意識を取り戻すから」

「大丈夫……俺がついてる」

ポンポンと肩を叩かれて、気持ち悪いと思ってしまった。

「やめてっ」

「最近疲れてるよな、こういう時はリラックスして」

「葵は、生死を彷徨(さまよ)ってるんだよ……そんな時に、楽しめない……それに、私がいなくなって、あの後宇治山くんはどうしてたの？　探したりしなかった？」

勢い余って吐き出すと、宇治山くんは困ったように眉を寄せる。

「ごめん……中川のことは俺も苦手で。だけどまさかあんな酷いことをするとは思わなかった」

「それなら協力して？　先生に証言してほしい、お願い……」

「それは、無理かな……中川が言ってたことは本当なんだ、親から勘当寸前でさ。安城さんには悪いけど……」

そうだね……誰だって、非情な手段で人を貶めようとするエマちゃんには逆らおうと思わないはず。

「わかった、もう頼まない」

悔しくて、もう話していたくなくてこの場を去ろうとしたら腕を掴まれた。

「告白の返事、改めて聞かせてよ」

何を言ってるの？

断ったはずだし、この流れで再度聞いてくることが信じられない。

「前も言ったけど、宇治山くんとは付き合えない」

「ふーん。水島との間で揺れてるなら、意識が戻るまでの間付き合うとかでもいいけど」

断ったのに全然伝わってないし……。

「そうじゃないよ。私は……葵のことが……」

好き……。

この言葉は、次に葵に会う時までとっておきたい。

宇治山くんに言うのはなにか違うから、押し黙った。

今になって思うのは、かけがえのないあの時間をまた取り戻したい……。

葵はいつも上から目線だし、傲慢でわがままで……だけど私に向けられていたあの眩しい笑顔や、たまに見せる優しい態度が懐かしくて仕方がない。

例え添い寝係としてでもいい、また葵のそばにいたい……。

「水島からそんなに相手にされてるように見えないけど。それでもいいんだ？」

「そう見えるなら、それでもいい。だけど宇治山くんがどう思おうと、葵はちょっと不器用なだけで本当はすごく繊細で、優しい人……一緒にいるとそのことが分かるし、まだこの先もいろんな表情をする葵を見ていたいって思う……」

そう言うと、宇治山くんがはあっとため息をついた。

「わかったよ。まさかノロけ話を聞かされるとは思わなかった」

「そういうつもりはなくて……」

「どこがいいのかさっぱりわからないけど、まあ女子はああいうやつが好きなんだろうな」

吐き捨てるように言う宇治山くんが、今まで見た感じと違う風に思えてしまう。

怒らせたかな……。

「安城さんもその辺の頭の悪い女子と一緒だと分かって残念だよ。それにしてもさ、俺のこと好きじゃないんだな。その思わせぶりな態度はやめた方がいいよ」

予想外の忠告に、唖然としてしまう。

そしてやれやれといった表情でもう一度ため息をつかれる。

宇治山くんってこういう人？

あまりの豹変ぶりにかなり引いてしまう。

それに、思わせぶりな態度をとった覚えはないけど……。

「もう……行くから」

立ち去ろうとしたら、腕をつかまれた。

「待って。俺のことを水島に話した？」

「ううん……何も……」

「それならよかった、無駄に怪我するところだった。もう行っていいよ」

突き飛ばされるように押されて、躓きそうになったところを宇治山くんに支えられる。

「あ……ありがと……」

「ごめん、強くやりすぎた」

そして、そのまま力いっぱい抱きしめられる。

「ちょっと……宇治山くん⁉　離して」

「最後ぐらいいいだろ？　もったいぶってこんなに返事を引き延ばしたんだし」

押し返しても強い力で離してくれない。

「こんなところ、水島に見られたら困るよな。ああだけど、来れないんだったな」

葵がここに現れることは奇跡に近い。

それにもしこの状態を見ても、ただの添い寝係が誰と恋愛しようが何も気にしないはず。

腕を押さえ込んで、薄笑いをしている宇治山くんの顔が怖い。

それに……葵以外の人に触れられるのが、ものすごく嫌。

「やめてっ」

離してくれないし暴れて大声を上げようかと思っていたら、私たちのほうへ誰かが歩いてきた。

「おいおい、こんなところでなにしてるんだよ～」

ヘラヘラと笑いながら近づいてきたのは、渋谷くんだった。

こんなところを見られて誤解されたらと思うものの、今は来てくれてよかったと思うばかり。

渋谷くんは私たちに近づいてきたかと思うと、宇治山くんの腕を思いっきりひねり上げた。

「痛っ‼」

相当痛かったのか、宇治山くんは地面に這いつくばって苦しんでいる。

「葵がいないからって勝手なことするなよ。寧々ちゃんの彼氏のキャンセル待ち一番は、お前じゃなくて俺だ」

ケラケラと笑っている渋谷くんを見ていると、深刻な雰囲気になることもなくてなんだか救われた。

宇治山くんをそこに残して、ふたりで歩き出す。

「ありがとう……」

「いやいや、礼には及ばないよ。それより大丈夫？　チューとかされなかった？」

「されてない……」

唐突すぎる発言に驚く。

全否定するつもりで顔を横に振ると、何度も頷いている。

「それならよかった、葵もまだなのにな。先越されるとか可哀想すぎるだろ」

「葵が？　もしそうだとしても……きっと、なにも思わないでしょ……」

そう言ったら、渋谷くんが苦笑している。

「そうか。それなら今から俺とデートして、生死を彷徨ってる葵に見せつけよう。多分、地獄からも這い上がってくるはず」

「あはは……」

それで葵が目覚めるなら、どれだけいいか。

「寧々ちゃん、転校の手続きを取ろうとしてるって本当？」

「それは……」

実は、一度葵から離れたほうがいいのかと思い、今からでも転校できる学校があるか先生に相談したんだけど、そのことを誰かから聞いたんだ？

まだ実行には移せていないし、葵が目覚めるまではここで過ごしたいと思い始めている。

「どうして？」

顔を覗き込まれて、俯いてしまう。

「う……ん」

「ごめん、俺が余計なこと言ったからかな。過去の地震は葵にとってトラウマだろうけど、寧々ちゃんを助けられていなかったら今もっと苦しんでたはず。寧々ちゃんが無事なこと、それが葵の本望じゃないかな……」

「あんな日に遭わせてまで……助かりたくなかった。私のせいで、葵は……」

地面に崩れ落ちそうになったところを、渋谷くんに支えられた。

「俺たちは……待つことしかできないけど、葵が目覚めた時に最善の環境を揃えていよう。だから寧々ちゃんは、今まで通り葵の家にいること。また同じベッドで眠ってやってよ」

「……知ってたの？」

ふたりは仲がいいから、葵から私との関係を聞いていても、まあ不思議じゃないか……。

「聞いたのは最近だけどな。噂なんてどこで広がるかわかんねーし、添い寝係だと知られたら学園にいづらくなるだろ、そういうのも頭の中にあって、きっと俺にも話さなかったんだろうな。葵ってそういうやつ。一見冷たいけど、そばにいてくれる寧々ちゃんのことを守りたかったんだろうな」

出会った頃の葵は、そんなふうには見えなかったけど……一応気を遣ってくれてたんだ……。

だけど今なら分かる、葵って不器用だから優しさがわかりにくい人だよね。

「うん……そうだね」

「だからさ、学園を去るとか考えないこと！　ずっと葵のそばにいてやってくれよな」

「そう……かな。いいのかな……」

「葵の気持ちを代弁する。あいつならきっと、勝手に俺のそばを離れるなって言うはず」

まるで葵の口調で、懐かしさと共に会えない切なさで涙がこぼれそうになる。

だけど久しぶりに声を聞けたような錯覚に陥って、嬉しいようななんだか不思議な気分……。

ノッてきたのか、渋谷くんが饒舌になる。

「こうも言うだろうな、俺がいない間に寧々になにかしてないだろうなって」

「そ、そうかな……」

「言われ損じゃね？　こんなにフォローしてるのにな」

「ふふっ」

宇治山くんのように葵がいない現実ではなく、これからのことを想像している渋谷くんに救われる。

そうだね……葵とまた会えた時、真っすぐに向き合える自分でいたい。

「渋谷くん、ありがとう……」

「おう。葵がいない間は、どんどん頼ってくれよな。必要なら送迎もするし、学園で一緒にいるのも大歓迎！」

「気持ちは嬉しいけど、それは……」

「なんてな！　こんなの葵が聞いたら、きっとこう言う」

「『勝手なことをするな、決めるのは俺だ』」

え……。

ふたりの声がかぶって、驚く。

まさか……そんなはずは。

よく知っている声が聞こえて振り返ると……そこに葵が立っていた。

「葵……」

「葵っ⁉　嘘だろ……本物か⁉」

渋谷くんが葵の元へ駆け寄って、ベタベタと触りまくっている。

「やめろよ」

言葉では嫌がっているけど、その顔は緩やかでとても嬉しそう。

「いつ目覚めたんだよ！　おいっ、心配させるなよ。もう二度と葵と話せないかと思って……」

弱気な言葉を聞くと、本当は渋谷くんだって私と同じぐらい辛くて仕方なかったのだと気づかされる。

「心配かけたな……お前とは、後でゆっくり話す。それより」

葵が、私を真っすぐに見ている。

「ちょっといいか」

「うん……」

感極まっている渋谷くんを残し、葵と校舎裏へと歩いていく。

「信じられない……またこうして葵に会えるなんて……」

「俺もだ。とにかく寧々が無事でよかった」

優しく微笑む葵に、ドキッとしてしまう。

こうして目の前にいると、この人のことが本当に好きなんだと実感する……。

「渋谷くんから聞いたの……以前、地震に遭ったこと。それと、その時の世話人が突然いなくなったことも……」

辛いことを思い出させてしまうかもしれない。

それでもこれからきちんと向かい合うためにも、話し合っておきたい。

「ああ……そのことだけど、俺もずっと忘れてた……いや、心のどこかでずっと引っかかってたな。唯一信頼していたのに突然消えて、あっさり裏切られたような気になった。本当は父親が解雇したんだろうが、真実を知るのが怖くてそれを確かめることすらできなかった。今思えばその頃から、うなされるようになった気がする」

「そうだったんだ……」

「それと、寧々のことは別問題だ。責任を感じて添い寝係を辞めようとする動きがあるって、美沙が言ってたけど本当か？」

美沙さんは……気づいていたんだ。

「まだ……考え中で……」

「勝手に決めるなよ。決定権は俺にある」

……だよねえ。

わかってはいたけど、面と向かって言われてしまうと苦笑するしかない。

それは、辞めずにそばにいてもいいってこと？

「俺を危険な目に遭わせたんだから、それ相応の労いをする覚悟があるんだろうな」

うわ、相変わらず強気……。

だけどそれが葵らしくて、なんだかホッとする。

「それはもちろん……。助けてもらった恩は一生忘れないよ。申し訳なさすぎて、どう謝ればいいのか……」

頭を下げると、腕をつかまれ引き起こされた。

「そんなに言うなら、俺の言うことを聞けよ」

どんなことを言われても、命懸けで助けてもらった恩には代えられない。

その前に、葵の願いならなんでも叶えたいと思う。

そしてもしそばにいてもいいのなら……全身全霊をかけて葵のサポートをするし必要ないと言われれば、すぐに姿を消す覚悟もできている。

すべては葵に委ねられている……。

「添い寝係は続けろ」

意外すぎる命令に拍子抜けした。

そしてそれと共に、すごくホッとしている。

「……それでいいの？」

「ああ」

「それなら……」

「もうひとつある」

「なに……？」

切ない表情で見つめられて、ドキッとしてしまう。

「お前が好きだ……」

聞き間違いかと思ってしまうほど、信じられなくて驚く。

優しく囁く葵の瞳が揺れている。

これは……夢？

じゃないよね……。

私のことを好きって、本当？

それならすごく嬉しい……。

そっと抱きしめられて、胸が一気に熱くなる。

「返事……聞いていいか？　こうしてないと……落ち着かない」

そんなのずるい……。

私はこうされるほうが落ち着かないのに。

顔を上げて葵を見つめる。

恥ずかしいけど、葵が言ってくれたから私も素直に言おう。

「私も……好き……」

いったん身体を離し、葵に向き合う。

「ずっと自分の気持ちがよくわからなかった……だけど、葵が目覚めなくなってから、好きだって気づいたの……」

「……なんだよ、両想いかよ」

葵の口から出た言葉がなんだかかわいくて、クスッと笑ってしまう。

そして今まで見たこともない照れ臭そうな顔ではにかんでいる。

「助けに来てくれて嬉しかった。そしてまた私のところに戻ってきてくれて本当にありがとう……」

今度は私から葵に抱きつくと、抱きしめ返された。

「あの時は身体が勝手に動いてた。それで自覚した……それだけ寧々のことが大切だって。これからも、なにがあっても絶対に俺が寧々を守る」

嬉しい……。

ずっとそばにいたいって思うし、私のことも離さないでいて。

これからの葵と私の恋の行方は、相変わらず平穏ではないかもしれないけど、それでも……手を取り合っていたいと思える人。

この想いをずっと大切にしていきたい。

学園から水島家へと戻り、葵と一緒に過ごす時間がとても貴重なものだと実感する。

葵の部屋で、最近はずっとひとりで眠っていた。

広いベッドが更に大きく見えて、寂しくて……だけど今日は葵がいる、嬉しくて仕方がない。

学校で告白されて、その後は話したいことがたくさんあって、普段の私からは考えられないほど葵に話しかけたけど、それでも嫌な顔ひとつされない。

私のことが好きって事実なんだ……あの葵が？

なんだか信じられないけど、現実……。

寝る準備をすませてベッドに寝転がって、隣を見れば葵がいる。

本当に幸せ……。

視線を送っていたら、手を伸ばしてきて頬を撫でられた。

ドキッとするけど、これまでだってこういうことはあったはず。

その時はお互い好きでもなかったし、ただ眠りの儀式として触れ合っていただけ。

だけどこれからは……。

「改めて思うけど……葵の意識が戻ってよかった……」

「ああ……」

愛おしそうに見つめられて、胸が熱くなる。

「今日は眠れそう？」

「そうだな……多分」

そう言って、髪を優しく撫でられる。

少し緊張していると、葵が顔を少し近づけてきた。

「もっと近くで寧々のことを見たい」

「うん……」

見つめられすぎて恥ずかしいけど、私も同じ気持ち……。

そのうち自然と距離が縮まって、そっと唇が触れ合った。

初めてのキス……。

いったん離れて、お互い照れ臭くて笑い合う。

葵は私を引き寄せ、再びゆっくりと唇を重ねた。

最初は触れるだけだったのがだんだんと深くなって、こんなの初めてでどうすればいいのかわからない。

息をするのもやっとなのに待ってくれず、すぐにまたキスをされた。

唇を甘噛みされて身体がビクッと震え、葵にしがみつくように背中へ腕を回した。

「あー……もう限界。なんでそんなにかわいいんだよ……」

今度は少し長めのキスで、離れたタイミングで呼吸していると、葵が首筋に軽く吸いついた。

「やっ……」

身体中の熱がそこに集まったかと思うほど熱い……。

今の、なに？

慌てて首を触ろうとすると、優しく手を押さえつけられた。

「キスマークぐらいじゃ全然足りないな……もう、我慢する必要ないよな？」

今まで見たこともないほどの甘い視線を注ぐ葵を直視できずに目を逸らすと、追いかけるように視界に入ってきた。

私の視線を捉え、ゆっくりと唇を重ねる。

身体から力が抜けていく……。

ドキドキしながらキスを受け入れていると、葵の手が服の隙間から入ってきてお腹に軽く触れた。

「えっ……やだ」

「もっとしたい」

「それは……ちょっと……」

初めてのことばかりで頭が追いつかない。

戸惑っていると、葵が吹き出した。

「この続きは、また今度な」

そう言って、ギュッと抱きしめてきた。

心臓がバクバクして落ち着かない。

どうやら今夜は眠れそうにない……。

離れたくない

葵が学園に戻ってしばらくすると、エマちゃんの姿が消えた。

エマちゃんのお父さんが経営するプロダクションのアーティストが会社のお金を持ち逃げし、そこからいろいろな不正が暴露されてしまったのだと聞いた。

メディアで連日取り上げられる事態になり、学園にも取材陣がやって来るようになって、次第にエマちゃんは登校しなくなった。

学園での昼時、私と葵、このみちゃん、千咲ちゃんと渋谷くんとで音楽室に集まっていた。

なんだか最近は、この五人でいることが多いような気がする。

音楽室に設置されているテレビを観て、エマちゃんのお父さん関連のニュースを目の当たりにして思わず呟く。

「エマちゃん、大丈夫かな……」

「自業自得だよ。今までみんなにしていたことが返ってきただけ」

吐き捨てるようにこのみちゃんが言う。

そうだとしても、ちょっと心配。

「寧々は優しいな。まあそんなとこも好きだけど」

葵は照れもせずに言うから、皆の前で言われたこっちが困る。

「恥ずかしいからやめて」

私が困っていると、渋谷くんが葵を連れ、教室の外へ出ていった。

葵のうしろ姿を見て千咲ちゃんがフフッと笑う。

「水島は倒れてから変わったよね。別人として生き返った？」

「多分、素はそうなんだよ……」

そう答えると、ふたりがニヤニヤと笑っている。

「私たちにはまったく優しくないけどね。付き合ってから態度が違いすぎない？

当然キスはしたんだよね」

「えっ……ま、まあ……」

隠しても仕方がないし、頷く。

「きゃーっ、どんな感じだった？　推しのキスは」

いや、私の推しでも何でもないし……。

そう思うけど、このみちゃん的に言うと私の推しは彼氏……つまり葵ってことになる？

「あんまり覚えてない……」

惚けてしまった。本当は鮮明に覚えているけど、そんなこと言えるわけない。

「そんな、もったいない！」

「あはは……」

笑って誤魔化していると、葵たちが戻ってきた。

そこですかさずこのみちゃんが大声を張り上げる。

「葵くーん！　寧々ちゃんが、葵くんとどんなキスをしたのか覚えてないって。もう一回してあげて？」

何だかとんでもない展開になってきた。

「覚えてない？　へえ……今ここでしてもいいけど」

含み笑いで近づいてくるから、慌てて千咲ちゃんのうしろに隠れる。

「助けて、千咲ちゃん」

「無理だわ」

苦笑しながら葵のほうへと突き出される。

酷いと思っていると、千咲ちゃんがフォローをしてくれた。

「ふたりの秘密を守ってるだけでしょ」

「なるほどな」

「じゃあ覚えてるんだ？　寧々ちゃん教えて！　聞きたいよ」

このみちゃんにそう言われて戸惑っていると、渋谷くんが横で超ウケている。

「お前その辺でやめとけって。マジで寧々ちゃんを困らせることになるから」

「そっか、寧々ちゃんまたいつか聞かせてね」

こんな感じで、いつの間にか私たち五人は仲良しグループとしてよく一緒に過ごすようになっていった……。

葵の彼女になって、早数カ月……。

夜もぐっすり眠れているからか授業中に居眠りすることもなく、授業態度も日々よくなっていった。

成績がいいのは相変わらず、しかも進んで学園の行事に取り組むようになった。

これには驚くけど、私を手伝っているうちに葵も参加して……といった流れでそうなって、いつしか葵のほうが夢中になっていることもある。

行事やほかの生徒と関わるうちに、他人はもちろん自分自身にもいろいろな発見があると言っていた。

これまで敢えて目を瞑ろうとしていたことも反省もしていて、ものすごい進歩だと思わずにはいられない。

先生からの評判は、葵のお父さまの耳にも入ることになり、これには大変悦ばれているそう。

これまで葵のことには興味がないふうに聞いていたけど、葵は大丈夫だと信頼しているだけだよね……きっと。

美沙さんは私の大貢献だと言ってくれている。

まあ元から葵にその素質があっただけで、私は何もしてないけどね。

そのちょっとしたきっかけを、作っただけに過ぎない。

今日は葵が遅くなると聞いて、部屋でゆっくりと過ごしていた。

すると美沙さんがやってきて、ここで少し話すことになった。

「こんなこと……私の口から言いたくないんだけど……」

「どうしたんですか？」

神妙な面持ちで、ただ事ではないと気づかされる。

「社長から、寧々さんを解雇すると言われたの……」

ああ……とうとう、この日が来てしまった。

受け入れたくないけど、受け入れるしかないのかな……。

「なにか……問題でもありましたか」

「その逆よ。最近、葵さまの活躍は目を見張るものがあるわ。不眠症も完治とは言えずとも回復しているし、留学の予定を早めようと、社長が動いているの」

留学？

そんな……知らなかった……。

「葵さまもご存じよ。聞いていなかったのね……」

まったくそんなことは聞いたことがないし、素振りもなかった。

そうなんだ……知らなかったのは私だけ……。

葵と信頼関係が結べていると思っていたし、これにはかなりショックを受けてしまった。

私を傷つけないよう、折りを見て話そうと思ってる？

そうだとしても、事前に知らせてほしかった……と思うのは私の勝手？

「わかりました……」

「また詳しいことは説明するわ。今まで本当にありがとう……」

なにこれ……。

結局私は、使い捨てってこと？

自分の立場もわきまえず、葵のことを好きになった。

その報復のようなもの……。

葵が私に向けてくれている好意は本物だとしても、私たちの間にはどうしても越えられない壁がある。

そんなこと、最初からわかっていたはずなのに……。

その日の夜、葵が帰ってきてからも顔を合わせるのが気まずくて仕方がない。

葵の部屋へ行く時間が過ぎても、自分の部屋から出ることができずにいた。

その時葵から電話がかかってきて、迷ったけど出ることにした。

「どうした？　早く来いよ」

「今日は……ちょっと……」

「だったら俺がそっちに行く」

そうされると逃げ場がなくて困るから、慌てて葵の部屋へ行くことにした。

部屋に入ると、葵はいつにも増して微笑んでいる。

「今日は遅くなってごめん。寂しかったよな」

「別に……」

つい、冷たく言い放ってしまう。

普段と違う様子を気にかけてか、葵が駆け寄ってくる。

「どうした？　機嫌が悪いな」

「なんでもない……」

私のバカ。

留学のことを話してくれなかったことを責めても、葵なりの理由があるはず。

それなのにひとりで拗ねて、こんな自分が嫌になる。

「今日は疲れたから……もう、寝よう？」

先にベッドに転がり、葵に背を向ける。

顔をまともに向けることができない。

今、葵を見たら泣いてしまいそう……。

ベッドにうずくまっていると、葵が上から覗き込んできた。

「いいから、話せよ」

「なんでもない……」

「そうは見えないけど。まいったな……寧々がそんな感じだと、俺の生活全部に影響がでる」

「そんなことないよ、葵はもうひとりで……なんでもできるはず。私がいなくても」

つい、口にしてしまった。

そしたら手を引っ張ってベッドに座らされた。

「やっぱり、寂しかったんだろ。そういう時は素直に言えよ」

「そうじゃない……」

俯くと、葵が小さくため息をつくのがわかった。

「違うのか。寧々のことを理解してると思うのは、ただの自己満か」

「そんなことは思ってない……」

「だったら、なんだよ」

もう、言ってしまおうか……。

直接聞くほうがスッキリするし、これからのことも考えやすいよね。

辛いけど……思い切って、聞いてみることにした。

「留学……するの？」

「ああ、そのことか」

私が思っているほど、深刻に捉えていないことが手に取るようにわかる。

それがショックだし、なんだか信じられない。

「葵には、その程度のことなの？」

そう言ったら、かなり慌てている。

「いや待て、そうじゃない。悪かった……改めて話そうと思ってた、不安にさせて悪かった……」

「いつ行くの？」

「できれば、早めに」

そんな……。

それなら尚更言ってほしかった。

突然すぎて、心の準備ができそうにないよ。

「嫌っ……葵と離れたくない……」

自分で言ったのかと驚くほど、自然と口にしてしまっていた。

その瞬間、葵の腕の中に包まれた。

「そんなの、俺だってそうだ。留学するかはお前に聞いてから決めるつもりだった。話が前後して悪いが、もし行くなら一緒に寧々も連れていきたいと思ってる。お前はどうしたい？」

その発言に、固まってしまった。

私も……？

「そんな……突然言われても……」

「困らせると思って言えなかった。寧々の両親もそこにいるらしいし、ちょうどよくないか？」

「…………」

「まだ考える猶予はあるし、答えはすぐに出さなくていい」

温かい腕に包まれて、幸せを感じる。

だけどそれと同時に、不安が募る。

「葵とは一緒にいたいけど……そうするとここに来た意味がなくなる……」

将来の夢を叶えるために水島家で居候しているのに、好きな人と一緒にいたいという理由だけで行くことはできない。

それは、葵だって同じじゃない？

私の意見で決めるなんて……間違ってる。

「じゃあ、留学はやめるか」

「葵こそそんなに簡単に決めていいの？　実は美沙さんに解雇を言い渡されて、それって私はもう用済みってことでしょ」

「それで機嫌が悪かったのか」

「え……」

葵が、私の顔を見てにっこりと笑う。

「父親が勝手に決めたことだ。どれだけ時間をかけても説得するつもりだからそこは気にするな。そのためにこの留学を使うのも手だけどな……向こうでもここと同じ環境で学べる態勢は整ってるしできれば一緒に行きたいが……無理にとは言わない」

切ない表情で見つめられて、胸が一気に高鳴る。

一緒に行きたい……。

でもそれが葵のお父さんに認められる最善の方法なのかはわからないし、自分の夢もあきらめられない。

「どうしよう……決められない。葵と一緒にいたいけど、やっぱり日本にいたい。だからって、葵が自分の決めた道を変えるのも嫌……」

「そうか……」

そう言って、優しく頬を撫でる。

葵の表情はとても穏やかで、胸が一気に苦しくなる。

頬にこぼれ落ちた涙を拭いとるように、葵がそっとキスをした。

「泣くなよ……俺が全部叶えてやるから。寧々はもう、思うようにすればいい」

私がどうしたいのか、結局どうするのか……自分でも理解していないのに、葵はもう気づいてる。

きっと、葵にはお見通し……。

「べつに、そんな遠い距離じゃない。毎日会えなくても平気だろ。たまに帰ってくるから、おとなしく待ってろよ」

ほらもう……私がここに残ることが前提になってる。

そして葵に言われたことで、本音はそうなのだと気づかされた。

「不安にならない？　気持ちも離れるかもって……」

「そうだな……そうならないように、努力する。それに俺らならきっと、乗り越えられるだろ？」

「うん……」

葵の顔が少しずつ近づいてきて、ゆっくりとキスをされた。

唇がそっと触れる優しいキス。

見つめ合って、また触れて……と、何度か繰り返す。

ずっと、葵と一緒にいたい……。

ギュっと身体にしがみつくようにすると、困ったように目を細める。

「かわいすぎだろ……そういうことされると、離したくなくなる……」

軽く目を閉じると葵の息遣いがすぐそばで聞こえる。

唇だけでなく、頬や耳、首筋にもキスをされて、気づけばベッドに押し倒されていた。

優しく、ゆっくりと身体中にキスを落とされるたび、胸が熱くなってもっと葵に近づきたいと思ってしまう。

身体の線をなぞるようにして触れられると、身体がビクッと反応した。

葵は優しく目を細めると、その手を一度引っ込める。

「……大丈夫か？」

この間は私が止めたから、聞いてるんだよね。

軽く頷くと、壊れ物を触るように少しずつ私に触れてくる。

心拍数が上がって恥ずかしくて仕方がないのに、葵は容赦なく何度も唇を重ね、口を開けた途端、深いキスに変わった。

あ……だめ、これ溶ける……。

もうなにも考えられなくなって、ただ身体を預けてしまう。

耳元で、何度も好きだと囁かれる。

身体のすみずみまで唇や指先で刺激を与えられて、そのたびに身体が熱くなって、こんなに近くにいるのにとても切なくなる。

何度も目を瞑ってしまうけど、表情を見たくてなんとか瞼を開ける。

余裕のない私とは対照的で、葵は余裕の表情で私を見下ろしている。

「葵……も、無理……」

「まだこれからだろ」

その夜は一晩中……お互い触れ合って、幸せを共に感じていた……。

そんな甘い夜を過ごした後、私たちはある決心をした。

葵の夢とこれからのこと

「山田くんと、吉岡さんがまたケンカしてる‼」

「いいよ、気がすむまでやっちゃって！」

ふたりをけしかけると、生徒たちに非難された。

「先生がそんなこと言ったら終わりだよ。暴力はダメ、話し合おう」

その言葉を引き金に、クラスのリーダー的存在の子たちがまとめ役に入る。

私が仲裁することもあるけど、子ども同士で解決できそうな時は誰かが動くまで見守っている。

様子を見つつところどころフォローを入れると、結果的に誰が悪者になることもなく、気づけば仲良く遊んでいる。

賛否両論あるとは思うけど、まあ日々こんな感じ……。

今、私は……とある小学校で、教師をしている。

高校生の時、大好きな人に出会った。

その時のふたりの道はまったく違うもので……一緒にい続けることがむずかしかったからいったん離れる選択をした。

目先のことだけではなくて、もっと先を見据えた未来を一緒に生きられるようにと、ふたりで考えた結果。

私は教師の道に進み、葵は留学後に日本へは戻ってこなかった。

水島グループが手掛ける新規分野の海外事業部へ配属となり、そこで手腕を発揮してまた日本へ戻ってきた。

お父さまにも私たちのことを認めてもらえることになって、交際も順調だと思えたけどお互い目まぐるしい日常に追われて、次第に連絡も減っていった。

直接会って話したのはいつだっけ……。

まだまだ先は長い……。

いつかまた、きっと一緒に過ごせる日を願って毎日頑張っている。

人生恋愛だけじゃないし、やりがいのある仕事に就けて、大変だけど充実した日々を過ごしている。

――ガッシャーン!!

あー……。

生徒のひとりが、給食のおかずが入った容器を落としてしまった。

クラスメイトと持ち合いっこをしているうちに、ふざけてひとりが手を放してしまった様子。

「あー、また安城先生のクラスか、やんちゃすぎるな」

ほかの先生に怒られることや、嫌になる出来事もしょっちゅう。

「すみません！　ほかのクラスからもらってきます」

急いで教室を飛び出すと、次から次へと生徒たちがついてきた。

「俺、頭下げに行く！」

「私も‼」

生徒たちのことはかわいくて仕方がない。

小さな身体でめいっぱい生きていて、熱心で、頑張り屋で、こっちが学ばせてもらうことが本当に多い。

ちょうど校長先生が通りかかって、止められた。

「タイミングがいいな！　給食の新しい業者さんが来校していて、ちょうどサンプルを持ってきてくれてる。職員室で試食する予定だったが、今回特別に一組に運んでもらおう」

本当に⁉

給食を分けてもらうのは今年に入って三回目で、正直頭が痛かった。

校長先生にお礼を言い、サンプルを運んでもらう。

無事に時間通り給食を終えることができ、胸を撫でおろした。

担当のクラスの次の授業は音楽で、時間が空いたこともあり業者の人に感謝の気持ちを伝えに行こうかな。

相手からすれば、私に起きた出来事と今日ここに来た理由は何の関係もないんだろうけど……。

職員室に入ると、校長先生と見慣れない人が談笑していた。

「今日はありがとうございました！　生徒が給食のおかずを落としてピンチだったのでとても助かりました」

ぺこりと頭を下げると、こちらを振り向いて笑っている。

あれ……。

なんだか見覚えが……。

その人はにこやかに笑っているどころか、鼻で笑われてしまった。

「面白い教師がいるとは聞いていたけど……なるほどな」

え……どういうこと？

「葵？」

「安城先生、青井さまではなく、水島さまですよ」

校長先生が慌てて訂正に入る。

いいえ、それは……わかってるんだけど。

「その呼び方、久しぶりに聞いたな……。初めまして、安城先生」

もう意味がわからない。

目の前にいるのは……スーツを着こなした葵だった……。

場所を変えて、夜……和食のお店の個室で待ち合わせし、そこで葵と改めて再会した。

「元気だった？　全然連絡くれないから心配してたよ」

「ああ、悪いな。最近忙しくて……ごめん、忘れてたわけじゃない」

ビデオ通話はたまにしていたけど、正面に座って話すのはかなり久しぶり。

「いいよ、全然。おばあちゃんになったら会えるといいなと思ってたから」

「ずいぶん先だな。それまでには、迎えに来るつもりだったけど」

苦笑している葵は、なんだかすっかり大人の表情になっている。

見ないうちに、更に素敵になったね。

「でもどうして小学校に?」

水島グループが多方面に進出しているのは知ってるけど、給食委託業までやっているとは。

「ああ……やっと、やりたいことが軌道に乗り始めてな」

「やりたいこと?」

葵の目はなんだかキラキラと輝いている。

「これからの時代に担った、新しい給食サービス」

「給食?」

「多種多様な企業とコラボして、月一回、最高のメニューを提供する。もちろん無料だ」

「無料⁉ それってすごくない?」

「企業は宣伝も兼ねているし、広告費をそこに投資してるから採算は合う」

そうなんだ……かなり思い切ったことを始めたんだね。

さすが葵。

「前に、寧々が語ってたよな。お前の給食愛を」

そうだった?

「ああ……そういえば、転校したての頃、葵に庶民だって蔑まれたよね」

「そうじゃない。あの時、そういう考えもあるのかって感心した。金銀学園は小中は弁当持参で給食を食べたことがなかったからな」

「そうなの⁉」

「ただ事業を広げるだけじゃなく、寧々と知り合ってそういうことに携わる仕事もやってみたいと思うようになって……今やっと、夢が叶った」

「そうだったんだ……」

葵の夢って、私がきっかけなの？

なんだかそれって感動……。

「よかったね」

「ああ……今日はこっそり行くつもりだったのに、俺のオーラを隠しきれずにすまない」

「相変わらずだよね。ふふっ、会えてすっごく嬉しい」

「俺もだ……そうだ、寧々に見せたい物がある」

そう言って、部屋のすみに置いてあるバッグの中から何かの箱を取り出し、隣に座った。

目の前に置かれたのは、無機質な四角い箱。

「何？」

「開けてみろよ」

蓋を開けると、中に何かのスイーツが入っていた。

小さいブロック状で周りが艶やかに光っている。

「わあ、美味しそう」

「見た目も重視したつもりだけど……やっぱ、寧々はそうだよな。食べてみろよ」

吹き出してるけど、本当に美味しそうだよ？

「これってサツマイモ？　んーっ、すっごく美味しい！」

「あ〜、この表情だよな。俺が求めてたのは。相変わらずうまそうに食うよな」

葵の手が伸びてきて、頭を撫でられてなんだかむず痒い。

「私の好きな物、覚えてたんだ？」

「まあな。これはまだ試作段階で、寧々の意見を取り入れたいと思ってる」

「十分美味しい。葵はいつも完璧だから、言うことなし」

「そうか……なら、これも確認してほしい」

葵はもうひとつ、小さな箱を取り出した。

シンプルなエンブレムが入っていて、上にはリボンがかかっている。

なんだか重厚な雰囲気……。

「これもサツマイモ？」

「さあ」

含み笑いをしていて、何が入っているのかドキドキしながら開ける。

中には、眩(まばゆ)い光を放つ……透明の石がついたリングが入っていた。

「これは……」

箱の形がそれっぽいから、開ける前に予感はしていたけど……まさか本当にそうだとは思わなかった。

「そろそろ一緒に住みたいと思ってる……結婚しよう」

そして、葵が私の左手の薬指にリングをはめた。

サプライズに驚きつつも、久しぶりに会えた嬉しさといろんな感情が入り混じる。

だけどシンプルに嬉しい。

私もずっと、そうしたかったから……。

「うん……」

抱きつくと、葵に強く抱きしめ返された。

目を閉じると、出会った時のことを思い出す。

出会いは最悪だった……。

だけどそれから思いもよらない出来事がたくさん起こって、辛いこともあったけど更にふたりの絆が強くなった。

これからもまた新しいステージで、葵と一緒に最高の思い出を作っていきたい。

《終わり》

あとがき

こんにちは、ａｃｏｍａｒｕです。

初めましての方も、お久しぶりの方も、この度はこの本を手に取って下さり本当にありがとうございます。

超絶顔の良い俺様御曹司との添い寝物語はいかがでしたか？

読んで下さった読者さまが、寧々と一緒にドキドキしながら、この本を最後まで楽しく読んでいただけたとしたらとても嬉しいです。

そして、そうであればいいなと思いながらこのお話を書かせていただきました。

このお話のイラストを手掛けて下さったのは、イラストレーターのＥＮさんです。

野いちご文庫の表紙は魅力的なものばかりで、新しい文庫を出していただく度にイラストの素晴らしさにとても感動しているのですが、今回の表紙もかなり最高で感激しています！

ＥＮさんには本当に感謝してもしきれないほどです。

葵と寧々、ふたりの大人っぽい雰囲気や関係性がたったひと目で分かるほど本当に素敵に仕上がっています。

つい何度も見返してしまうほど美しい。

添い寝のシーンになる度に表紙を見て、更に楽しんでいただけますと嬉しいです。

最後になりますが、ここまで読んで下さった読書の皆さま、この本を出版していただくにあたり携わって下さった全てのみなさまに、感謝の気持ちでいっぱいです。

この場をお借りしてお礼を言わせて下さい。

本当にありがとうございます。

二〇二四年二月二十五日　ａｃｏｍａｒｕ

著・acomaru（あこまる）

大阪生まれ。趣味は旅行とドライブ、雑貨屋めぐり。自分が飽きっぽいので、読んでいる方が飽きないようなキュンキュンなストーリーを書くのが目標。2010年『恋するキャンディ～私だけの甘々不良彼氏～』で書籍化デビュー。現在も小説サイト「野いちご」で活動中。

絵・EN（えん）

acomaru先生へのファンレター宛先

〒104-0031
東京都中央区京橋1-3-1　八重洲口大栄ビル7F
スターツ出版（株）書籍編集部気付
acomaru先生

添い寝だけのはずでしたが

2024年2月25日　初版第1刷発行

著者　acomaru

発行人　菊地修一

イラスト　EN

デザイン　カバー　AFTERGLOW
フォーマット　栗村佳苗（ナルティス）

DTP　株式会社 光邦

発行所　スターツ出版株式会社
〒104-0031
東京都中央区京橋1-3-1 八重洲口大栄ビル7F
TEL 03-6202-0386（出版マーケティンググループ）
TEL 050-5538-5679（書店様向けご注文専用ダイヤル）
https://starts-pub.jp/

印刷所　株式会社 光邦

Printed in Japan
ISBN 978-4-8137-1546-7 C0193

もっと、刺激的な恋を。

野いちご文庫人気の既刊！

『冷酷執事の甘くて危険な溺愛事情【沼すぎる危険な男子シリーズ】』

みゅーな**・著

高1の柚禾は後継ぎを条件に祖父に引き取られ、豪邸に住むことに。そこには、専属執事の埜夜がいた。彼は完璧執事かと思いきや、危険な裏の顔があって…!? 柚禾に近づく輩は容赦なくひねり潰すが、ふたりきりになると極甘に!?「俺以外の男なんて知らなくていい」冷血執事の溺愛は刺激的！

ISBN978-4-8137-1532-0　定価：715円（本体650円＋税10%）

『クズなケモノは愛しすぎ』

吉田（よしだ）マリィ・著

人並みに青春したいのに、幼なじみ・蒼真の世話係をさせられている葵。しかも蒼真は女子なら来るもの拒まずのクズなケモノ!! 蒼真にだけは身も心も許してたまるか！と思っていた葵だけど、ある日、「死ぬほど大切な女がいる」と宣言した蒼真に迫られて!? 強引クズ男子の溺愛が止まらない！

ISBN978-4-8137-1531-3　定価：715円（本体650円＋税10%）

『捨てられ少女は極悪総長に溺愛される【沼すぎる危険な男子シリーズ】』

柊乃（しゅうの）なや・著

高2のあやるはある日、学園の権力者集団“BLACK KINGDOM”が指名する“夜の相手役”に選ばれてしまう。誰もが羨む役割を、あやるは拒否。しかし、総長の千広に熱情を孕んだ眼差しで捉えられて…!? 誰もが恐れる絶対的支配者の危険な溺愛が止まらない！

ISBN978-4-8137-1523-8　定価：本体715円（本体650円＋税10%）

『私たち、あと半年で離婚します！』

ユニモン・著

御曹司の同級生・清春と政略結婚することになった高3の陽菜。ずっと清春のことが好きだったのに、彼の態度は冷たく結婚生活はすれ違い。さらに、義母から離婚してほしいと頼まれ…。彼に離婚を告げるとなぜか態度が急変！ 半年後に離婚するはずなのに、溢れ出した愛が止まらなくて…。

ISBN978-4-8137-1522-1　定価：本体715円（本体650円＋税10%）

書店店頭にご希望の本がない場合は、書店にてご注文いただけます。

もっと、刺激的な恋を。

♥野いちご文庫人気の既刊！♥

『極上男子は、地味子を奪いたい。②』

＊あいら＊・著

元トップアイドルの一ノ瀬花恋が正体を隠して編入した学園は、彼女のファンで溢れていて…！　最強の暴走族LOSTの総長や最強幹部、生徒会役員やイケメンのクラスメート…御曹司だらけの学園で繰り広げられる、秘密のドキドキ溺愛生活。大人気作家＊あいら＊の新シリーズ第2巻！

ISBN978-4-8137-1108-7　定価：649円（本体590円＋税10%）

『極上男子は、地味子を奪いたい。③』

＊あいら＊・著

元トップアイドルの一ノ瀬花恋が正体を隠して編入した学園は、彼女のファンで溢れていて…！　最強の暴走族LOSTの総長や最強幹部、生徒会役員やイケメンのクラスメート…花恋をめぐる恋のバトルが本格的に動き出す!?　大人気作家＊あいら＊による胸キュンシーン満載の新シリーズ第3巻！

ISBN978-4-8137-1136-0　定価：649円（本体590円＋税10%）

『極上男子は、地味子を奪いたい。④』

＊あいら＊・著

元トップアイドルの一ノ瀬花恋が正体を隠して編入した学園は彼女のファンで溢れていて…！　暴走族LOSTの総長の告白から始まり、イケメン極上男子たちによる花恋の争奪戦が加速する。ドキドキ事件も発生!?　大人気作家＊あいら＊の胸キュンシーン満載の新シリーズ第4巻！

ISBN978-4-8137-1165-0　定価：649円（本体590円＋税10%）

『極上男子は、地味子を奪いたい。⑤』

＊あいら＊・著

正体を隠しながら、憧れの学園生活を満喫している元伝説のアイドル、一ノ瀬花恋。花恋の魅力に触れた最強男子たちが次々と溺愛バトルに参戦!!　そんな中、花恋は本当の自分の気持ちに気づき…。楽しみにしていた文化祭では事件発生！大人気作家＊あいら＊による胸キュン新シリーズ第5巻！

ISBN978-4-8137-1192-6　定価：649円（本体590円＋税10%）

書店店頭にご希望の本がない場合は、書店にてご注文いただけます。